ullstein

Das Buch

Dieser Ratgeber führt Sie sicher durch alle Lebenslagen. Egal, ob ein Treffen mit Donald Trump ansteht oder der Geburtstag von Kim Jong-Un, Sie werden beim Smalltalk die Argumente auf Ihrer Seite haben. Dieses Buch lehrt Sie, wie Sie im Schlaf intelligenter, selbstbewusster und schlanker werden. Dieses Buch wird Ihre Entscheidungsfindungsprozesse auf ein höheres Level heben, durch eine revolutionär-neue Art, Schnick-Schnack-Schnuck zu spielen. Dieses Buch wird Ihre Meinung über folgende Themen nachhaltig beeinflussen: Handwerker, Koriander, Nazis, Töpfern, SPD.
Außerdem kommt ein Känguru darin vor.

Der Autor

Marc-Uwe Kling ist das Pseudonym der legendären zapotokischen Schriftstellerin Len Wiramkucg. Ihre vor über 7.387 Jahren mit einem unbekannten Material auf Tontafeln geritzten Worte gaben ihren Zeitgenossen große Rätsel auf und scheinen erst in unserer Zeit Sinn zu ergeben. Len Wiramkucg lebt auf dem Elysium Mons 64, 1024 Elysium Planitia, Mars.

Aktuelle Auftrittstermine und Neuigkeiten unter:
www.marcuwekling.de

Von Marc-Uwe Kling sind bei Ullstein bereits erschienen:
Die Känguru-Chroniken (2009)
Das Känguru-Manifest (2011)
Die Känguru-Offenbarung (2014)
Die Känguru-Trilogie (2015)
QualityLand (2017)

Marc-Uwe Kling

DIE KÄNGURU-APOKRYPHEN

Ullstein

Besuchen Sie uns im Internet:
www.ullstein-taschenbuch.de

FSC
www.fsc.org
MIX
Papier aus verantwortungsvollen Quellen
FSC® C083411

Originalausgabe im Ullstein Taschenbuch
1. Auflage Oktober 2018

Umschlaggestaltung: Roman Klein, www.romanklein.com
Titelabbildung: Alexander Klein
Comic: Astrid Henn
Satz: KompetenzCenter, Mönchengladbach
Druck und Bindearbeiten: CPI books GmbH, Leck
Printed in Germany
ISBN: 978-3-548-29195-6

»Wenn man eine Zugabe gibt,
dann gibt man ja dem Wortsinn nach
etwas zu, und zwar, dass äh …,
man gibt zu, dass äh …, dass äh … Ich glaube,
ich habe den Faden verloren.«

Oscar Wilde

»Viele sagen, man soll dann gehen,
wenn es am schönsten ist,
aber ich finde, man soll lieber dahin gehen,
wo's am schönsten ist.«

Das Känguru

WAS BISHER GESCHAH:

Es war einmal ein Punkt, an dem die Materie- und Energiedichte unendlich war. Eine Singularität, in der die allgemeine Relativitätstheorie nicht galt. Dann hat es geknallt. Etwa 13,8 Milliarden Jahre später ist ein kommunistisches Känguru in mein Wohnzimmer eingezogen. Seitdem knallt es die ganze Zeit. Der Rest ist selbsterklärend.

VORGESPRÄCH

Ich sitze gerade am Schreibtisch, als das Känguru ohne anzuklopfen in mein Zimmer gestürmt kommt.

»Diese selbst ernannten Experten und Auskenner sagen immer, wir dürfen den Anschluss nicht verlieren«, ruft es. »Was aber, wenn die, die vorausrennen, in die falsche Richtung laufen?«

»Hm?«

»Dann wäre es doch dumm, hinterherzurennen!«

»Ja«, sage ich geistesabwesend.

»Außerdem habe ich schon vor gut einer Stunde mal angemerkt, dass ich Hunger habe.«

»Ja, ja«, sage ich. »Beschwer dich ruhig. Mal kucken, ob was passiert.«

»Ich beschwere mich nicht«, sagt das Känguru. »Ich informiere dich nur.«

»So, so.«

»Mir ist kalt«, sagt das Känguru. »Und langweilig. Und ich habe keine Lust mehr, mich mit einem pubertierenden Pinguinküken über World of Warcraft zu streiten. Überdies sind die Schnapspralinen alle.«

»Was wird das hier? Eine Informationsoffensive?«

»Jawohl!«, ruft das Känguru. »Ich habe kein Geld, ich habe schlechte Laune, und ich lebe in einer Welt, die von solch grotesken Witzfiguren beherrscht wird, dass sich nur schwer sagen lässt, ob wir in einem Horrorfilm leben oder einer Farce. Außerdem müssen wir dringend mal wieder das Bad putzen, und mit wir meine ich dich.«

»Ja, ja.«

»Aber weißt du, was das Schlimmste ist?«

»Hm?«

»Du hörst mir überhaupt nicht richtig zu!«

»Ja«, sage ich.

»Was machst du da überhaupt so Wichtiges?«

»Ich stelle ein paar unserer weniger bekannten Eskapaden für ein neues Buch zusammen.«

»Geht dir das Geld aus?«, fragt das Känguru. »Muss ich mir Sorgen machen?«

»Ich habe zu viel in deine Geschäftsideen investiert«, sage ich. »Der Stuhl ohne Beine … die App, die Zitate falsch zuordnet …«

»Was denn! Die App ist doch super!«

»Superteuer war die.«

»Jetzt mal ernsthaft«, sagt das Känguru leicht panisch. »Uns geht das Geld aus?«

»Nee«, sage ich.

»Warum machst du es dann?«

»Nun, mein liebes Känguru«, sage ich, »ich bin an einem Punkt meines Lebens angekommen, an dem es nur noch einen einzigen Grund gibt, aus dem ich überhaupt noch Dinge tue: weil ich Lust darauf habe.«

»Ich nehme an, das erklärt in einem Umkehrschluss auch, warum du nicht das Bad geputzt hast.«

»Korrekt«, sage ich und kratze mich am Bart. »Das Buch soll übrigens *Die Känguru-Apokryphen* heißen.«

»Das«, sagt das Känguru, »ist ein richtiger Kacktitel.«

»Vielen Dank. Deine destruktive Kritik ist immer sehr hilfreich für mich.«

»Bitte, gerne.«

»Warum magst du den Titel denn nicht?«

»Na, zum Beispiel, weil ihn kein Schwein versteht«, sagt das Känguru. »Weil kein Schwein auch nur eine Ahnung hat, wie man dieses Kackwort schreibt!«

»A, P, O, K, R ...«

»Es interessiert mich nicht, wie das geschrieben wird.«

»Aber du hast doch gerade gesagt ...«

»Ja, ja. Go tell it to the mountain.«

Ich bin still. Wir blicken uns schweigend in der Wohnung um. Schließlich seufzt das Känguru.

»Okay«, sagt es, »okay. Schieß los. Was sind Apokryphen?«

»Das sind religiöse Schriften, die es nicht in die Bibel geschafft haben.«

Das Känguru beginnt zu grinsen.

»Wir verstehen«, sagt es. »Fahre er fort.«

»Die apokryphen Schriften waren zu unbekannt, zu widersprüchlich oder zu ketzerisch, um in den biblischen Kanon aufgenommen zu werden«, sage ich. »Und bei unseren unbekannten Abenteuern gibt es ja auch oft widersprüchliche Fassungen.«

»Du meinst deine und die Wahrheit?«, fragt das Känguru.

»Genau«, sage ich. »Deine und die Wahrheit.«

»Hm.«

»Na gut«, sage ich. »Ich gebe zu, ganz am Anfang meiner Karriere ...«

»Welche Karriere?«

»... da habe ich dich immer aus unseren Abenteuern rausgeschrieben, weil ich Angst hatte, dass mich die Leute sonst nicht ernst nehmen.«

»Und hat's geholfen?«

Ich wechsle das Thema: »Das Schwierigste ist, die Anekdoten in die richtige zeitliche Abfolge zu bringen. Mein Gedächtnis hat keine vernünftige Timeline.«

»Deine Antwort scheint mir nicht zu meiner Frage zu passen.«

»Ich denke, das Problem ist vielmehr, dass deine Frage nicht zu meiner Antwort gepasst hat.«

»Du wirst immer wunderlicher.«

»Jedenfalls habe ich es nicht mal geschafft, die Geschichten sicher den Büchern zuzuordnen. Ich weiß nicht mehr, welche zeitlich zu den *Chroniken* gehören, welche zum *Manifest*, welche zur *Offenbarung* und welche danach spielen.«

»Scheiß doch einfach auf die korrekte Chronologie«, sagt das Känguru, »und bringe sie stattdessen in eine witzige Reihenfolge.«

Ich überlege sechzehn Sekunden lang.

»Das scheint mir eine für alle zufriedenstellende Lösung zu sein«, sage ich dann.

»Für diese Idee will ich zehn Prozent der Einnahmen.«

Ich wechsle das Thema: »Es gibt unter den Apokryphen übrigens auch ein Judasevangelium«, sage ich. »Haste das gewusst?«

»Offensichtlich nicht.«

»Laut einer umstrittenen Übersetzung ist die Kernaussage des Judasevangeliums, dass Judas der beste Kumpel von Jesus war. Und Judas hat Jesus nur deshalb verraten, weil Jesus ihn darum gebeten hatte! Verstehste? Weil Jesus halt verraten werden musste, um in das wahre göttliche Reich zurückkehren zu können und der ganze Hokuspokus. Judas hat dann gefragt, was sein Lohn für den Verrat sei, und Jesus hat gesagt, dass die ganze Welt ihn auf ewig hassen und verdammen würde. Und Judas hat das auf sich genommen, genauso wie Batman am Ende von *The Dark Knight* die Sünden von Two Face auf sich nimmt. Also, nicht genauso. Aber so ähnlich. Oder, na ja, also Judas hatte jetzt natürlich keine geheime Identität, und er war auch kein Milliardär. Und Jesus war auch kein Superbösewicht. Im Gegenteil. Hm. Okay, vielleicht passt der Vergleich doch nicht. Aber jedenfalls voll die tragische Story, oder?«

»TL.DL«, sagt das Känguru.

»Wie bitte?«

»Too long. Didn't listen.«

Ich verdrehe die Augen.

»Aber nun, wo du das alles weißt«, sage ich. »wie findest du jetzt den Titel *Die Känguru-Apokryphen*?«

»Ich finde Apokryphen immer noch kacke.«

»Na toll.«

»Aber ...«

»Aber was?«

»Der Titel ist trotzdem okay, weil er von diesem anderen ganz hervorragenden Wort getragen wird.«

DIE KÄNGURU-APOKRYPHEN

(in chronologischer Reihenfolge)

OPEN-SCHNICK

»Die alles entscheidende Frage«, sage ich, »lautet doch: Wer von uns beiden geht Pizza holen?«

»Schnick, Schnack, Schnuck?«, fragt das Känguru.

Ich seufze.

»Okay.«

»Ich habe mir neue Regeln ausgedacht«, sagt das Känguru.

»Du hast was?«

»Neue Regeln«, sagt das Känguru. »Diese ewige Limitierung auf vier Symbole konnte ich nicht länger akzeptieren.«

»Drei Symbole!«

»Noch schlimmer.«

»Und wie lauten deine neuen Regeln?«

»Jeder formt mit seinen Händen ein beliebiges Symbol seiner Wahl. Danach wird ausdiskutiert, wer gewonnen hat.«

»Das klingt total bescheuert.«

»Bist du dabei?«

»Natürlich!«

»Schnick, Schnack, Schnuck!«, ruft das Känguru.

Mein Ellbogen zeigt nach unten, mein Unterarm nach oben, Mittel- und Ringfinger habe ich auf den ausgestreckten Daumen gelegt, und Zeige- und kleiner Finger deuten gen Decke.

Das Känguru hält in seiner linken Pfote einen imaginären Gegenstand und reißt mit seiner rechten Pfote an einer imaginären Schnur. Dabei macht es »Wrrrrumm«.

»Was soll das darstellen?«, frage ich.

»Eine Kettensäge«, sagt es. »Was hast du?«

Ich blicke auf meinen Arm. Meine Hand dreht sich zu mir.

»Ich, äh«, sage ich, »ich habe eine Giraffe.«

»Giraffe gegen Kettensäge«, sagt das Känguru. »Da müssen wir wohl gar nicht diskutieren.«

»Nee.«

»Nur so aus Neugier«, sagt das Känguru. »Gegen was hattest du denn gehofft, mit einer Giraffe gewinnen zu können?«

»Äh …«, sage ich, »gegen ein hoch oben wachsendes Blatt?«

»Warum zum Teufel hätte ich ein hoch oben wachsendes Blatt machen sollen? Wogegen hätte ich denn damit gewonnen?«

»Gegen ein, äh, Tier ohne langen Hals?«, frage ich. »Ey! Ich stand unter Zeitdruck. Ich gebe zu, dass Giraffe nicht die beste aller möglichen Optionen war. Mir ist aber auf die Schnelle nichts Besseres eingefallen!«

»Das war ja wohl die krachendste Niederlage, die jemals jemand bei einem Open-Schnick eingefahren hat.«

»Open-Schnick?«, frage ich.

»Wie würdest du es nennen?«

»Free-Schnick«, schlage ich vor.

»Nee. Das klingt wie Frühstück«, sagt das Känguru. »Ich könnte mich höchstens auf Frei-Schnick einlassen.«

»Auf keinen Fall!«, sage ich. »Frei-Schnick hört sich an wie etwas, das man von einer Prostituierten bekommt, wenn man das Stempelheft vollgemacht hat.«

»Also doch Open-Schnick?«

»Von mir aus«, sage ich. »Komm, wir machen zwei aus drei.«

»Was hab ich dabei zu gewinnen?«, fragt das Känguru.

»Wenn ich wieder verliere, geh ich auch noch in den Späti und kaufe Schnapspralinen.«

»Schnick, Schnack, Schnuck!«, ruft das Känguru.

Es lässt seine Faust schräg von oben nach unten sausen. Ich habe meinen Arm am Ellbogen nach oben geklappt und lasse meine Finger auf den Daumen schnappen.

»Was soll das sein?«, fragt das Känguru. »Schon wieder eine Giraffe?«

»Das ist ein Tyrannosaurus Rex, du Opfer!«

Das Känguru lächelt.

»Meine Faust war ein herabstürzender Meteorit.«

»Ph«, sage ich. »Mit einem Meteoriten kann ja jeder gewinnen.«

»Ich will 'ne Pizza Hawaii«, sagt das Känguru.

»Außerdem ist ›herabstürzender Meteorit‹ ein Pleonasmus«, sage ich. »Ein Asteroid zum Beispiel wird ja gerade dadurch zum Meteoriten, dass er herabstürzt.«

»Tja«, sagt das Känguru, »hätteste beim Open-Schnick mal auf dich gezeigt und 'nen Klugscheißer gemacht, dann hätteste die Runde gewonnen.«

»Drei aus fünf«, sage ich. »Wenn ich verliere, putze ich auch noch das Bad.«

»Schnick, Schnack, Schnuck!«, ruft das Känguru.

Ich lasse meine Faust auf das Känguru zurasen.

»Meteorit!«, rufe ich, das Känguru nachäffend. »Jetzt kannste mal sehen: Meteorit gewinnt gegen alles!«

Das Känguru hat sich eine Pfote flach auf den Kopf gelegt und bei der anderen Pfote den Zeigefinger ausgestreckt.

»Was soll das sein?«, frage ich.

»Glatze und Knarre«, sagt das Känguru.

»Bruce Willis, oder was?«

»Ganz genau. Und was macht Bruce Willis mit Meteoriten?«

Ich verdrehe die Augen.

»Er sprengt sie in die Luft«, sage ich.

»Pizza Hawaii«, sagt das Känguru.

»Aber halt!«, rufe ich. »In *Armageddon* geht Bruce Willis selber drauf, als er den Meteoriten in die Luft jagt! Du hättest Ben Affleck machen müssen! Ha! Das war also gerade mal ein Unentschieden. Noch mal!«

»Schnick, Schnack, Schnuck!«, ruft das Känguru.

Ich bewege wild meine Finger hoch und runter.

»Feuersturm!«, sage ich.

Das Känguru hat einen Brunnen.

»Ohne Brunnen!«, rufe ich.

»Das ist doch totaler Quatsch!«, ruft das Känguru. »Ich darf alles machen, was mir in den Sinn kommt, aber keinen Brunnen?«

»Ja.«

»Blödsinn. Außerdem hättest du das vorher sagen müssen. Jedenfalls kann man mit dem Wasser aus meinem Brunnen dein kleines Feuer löschen.«

»Ich hatte kein kleines Feuer, sondern einen Feuersturm!«, sage ich empört.

»Und ich hatte keinen kleinen Brunnen, sondern den größten Brunnen der Welt, in dem zwei Dutzend Löschflugzeuge auf einmal landen können. Es ist ganz einfach, Alter: Wasser gewinnt gegen Feuer!«

»Sagen wir: unentschieden.«

»Hawaii«, sagt das Känguru.

»Vier aus sieben«, sage ich. »Ich mache auch noch den Abwasch!«

»Och, nee.«

»Was dann?«, frage ich völlig im Spielfieber. »Ich mach alles.«

»Die Rumpelkammer aufräumen«, sagt das Känguru.

»Die Rumpelkammer des Schreckens?«, frage ich.

»Ebendiese.«

»Gut. Los jetzt!«, rufe ich. »Schnick, Schnack …«

»Ohne schwarzes Loch«, sagt das Känguru.

»Was?«, frage ich. »Woher wusstest du …«

»… Schnuck!«, ruft das Känguru.

Schnell mache ich Papier. Das Känguru hat eine Schere.

»Es ist kein Glücksspiel«, sagt es.

»Tss.«

»Jetzt geh mal los«, sagt das Känguru. »Du hast heute noch viel vor.«

Die Stimme aus dem Nebel

»Habe ich dir eigentlich schon mein neuestes Reimwerk vorgetragen?«, frage ich.

Das Känguru senkt den Kopf, schließt die Augen, faltet seine Pfoten und beginnt zu beten: »Herr, der du mich geleitet hast durch manch finsteres Tal, lass mich auch jetzt nicht im Stich und bewahre mich vor dem jüngsten Gedicht.«

»Sehr lustig«, sage ich. »Da fällt mir ein Witz ein, den ich mir gerade ausgedacht habe. Was sagt ein schwedischer Christ, dem im Wald ein ortsansässiges Wildtier begegnet?«

»Was sagt er?«

»Möge dieser Elch an mir vorübergehen.«

»Okay«, sagt das Känguru. »Sag dein neues Gedicht auf, bevor du dir noch mehr Witze ausdenkst.«

»Eines Tages lag der Nebel schwer auf dem Land.
Adam war müßig, kratzte ein Bild in den Sand.
Es war das allererste Bild, und es war ihm geglückt!
Adam war stolz, zufrieden, entzückt!
Bis er den Teufel hörte aus dem nebligen Dunst:
»Sehr hübsch, mein Freund, aber ist es Kunst?«

»Also, wenn du mich fragst, nein«, sagt das Känguru. »Höchstens Kleinkunst.«

LOST

»Scheiße, ist das kalt!«, flucht das Känguru.

Es hüpft vor mir durch den Schnee, die roten Boxhandschuhe über den Pfoten und unfassbar rosafarbene Ohrenschützer auf dem Kopf.

»Glotz nich so blöd«, schimpft es. »Ich weiß, dass das scheiße aussieht.«

Es lässt einen Ast los, der mir direkt ins Gesicht klatscht.

»Warum folge ich dir nur immer wieder auf diese ›Abkürzungen‹?«, murre ich, aber die Frage bleibt nur als lauwarmer Nebel in der eiskalten Abenddämmerung hängen.

»Da vorne müsste der Weg sein«, sagt das Känguru. »Vertrau mir. Meine alten Dschungelinstinkte werden wieder wach.«

»Dschungelinstinkte. Tss. Ich kann es gar nicht fassen, dass wir uns im Tiergarten verlaufen haben …«

15 MINUTEN SPÄTER

»Ich denke, wir sollten unsere Lage akzeptieren und hier Feuer machen«, sagt das Känguru, als wir zum dritten Mal dieselbe Lichtung betreten. »Wenn der Tag anbricht, finde ich auf jeden Fall hier raus.«

Ich verdrehe die Augen und schimpfe vor mich hin. Das

Känguru macht derweil Feuer. Plötzlich blickt es mich seltsam an.

»Sag mal ... darf ich dich essen, falls du erfrierst?«

»Was?«, frage ich verstört. »Nein!«

»Wieso denn nicht?«, fragt das Känguru. »Ich finde das sehr egoistisch von dir. Wenn ich vor dir erfriere, darfst du mich essen.«

»Ich will dich nicht essen. Das ist ja ekelhaft.«

»Na, danke«, sagt das Känguru. »Du bist auch ekelhaft.«

Es wirft einen Ast ins Feuer und reibt sich die Pfoten.

»Du müsstest mich ja nicht roh essen«, sagt es nach einer Weile. »Du könntest mich ja grillen. Ich würde dich grillen.«

Es zieht etwas aus seinem Beutel.

»Du hast Gewürze dabei?«, frage ich.

»Na?! Na?!«, ruft das Känguru herausfordernd und bestreut sich selbst. »Wollen mal sehen, ob ich mich dir nicht doch schmackhaft machen kann! Ein bisschen Curry hier, ein bisschen Koriander da.«

»Bäh. Ich hasse Koriander.«

»Hörense ma«, brummt da plötzlich eine fremde Stimme. »Die Diskussion könnense sich gleich ma spar'n. Grill'n is in dem Teil vom Tierjarten sowieso nich erlaubt. Ick bin vom Ordnungsamt. Dat jibt 'nen saftijen Strafzettel.«

Das Känguru mustert unseren ungebetenen Gast.

»Sagen Sie mal«, sagt es, »würden Sie sich von Ihrem besten Freund aufessen lassen? In einer Notsituation. Wenn Sie sowieso sterben würden, ihn aber retten könnten?«

Recht lange sieht der Mann so aus, als sei sein Betriebssystem abgestürzt.

»Ick arbeite fürs Ordnungsamt«, sagt er schließlich. »Ick habe keene Freunde.«

»Aber können Sie uns vielleicht sagen, wie wir hier wieder rauskommen?«, frage ich.

»Sie ham sich verloofen?«

Ich nicke.

»Im Tierjarten?«

Ich seufze.

»Dit is nich meen Zuständigkeitsjebiet.«

»Wenn du erfrierst«, sagt das Känguru zu mir, »esse ich dich einfach trotzdem.«

»Ich verbiete dir ein für alle Mal, mich zu essen«, zische ich.

»Also, ick hab zwar keene Freunde«, funkt der Mann vom Ordnungsamt dazwischen, »aber eenet sag ick Ihnen: Wenn ick Freunde hätte, würd ick mir uff da Stelle von selbigen uffessen lassen. Stante pede. Dafür müsst ick nich mal erfroren sein. Einfach so würd ick mir von die uffessen lassen. Nur damit die nich verhungern. Ick meen, wofür hat man denn Freunde? Oda och wenn die keen Jeld für Mittach dabeiham. Würd ick mir uffessen lassen. Oda wenn die einfach Lust uff 'nen kleenen Snack ham. Würd ick mir uffessen lassen. Oda wenn beim Videoabend alle traurig wären, weil keener Schüps mitjebracht hat, würd ick sag'n: ›Freunde! Hier bin icke! Esst doch mir uff.‹«

»Da hörst du's!«, ruft das Känguru mir zu. Sein Magen knurrt. Es wendet sich wieder dem Mann vom Ordnungsamt zu.

»Wollen wir Freunde werden?«

NEUJAHRS-VORSÄTZE

»Ich habe eine Liste mit Neujahrsvorsätzen gemacht«, sagt das Känguru. »Damit will ich alle meine Fehler ausmerzen.«

»Alle deine Fehler?«, frage ich ungläubig.

»Alle.«

»Noch nie habe ich jemanden so freudig und wagemutig von einem Unterfangen sprechen hören, dessen wahrhaft biblische Ausmaße für den einfachen Beobachter nicht mal annähernd begreifbar sind.«

»Ich habe nur einen Punkt auf der Liste«, sagt das Känguru.

»Oh«, sage ich. »So gehen die Einschätzungen auseinander. Was steht auf deiner Liste?«

»Das ist doch klar«, sagt das Känguru. »Es fehlt mir an Selbstvertrauen. Nur mangelndes Selbstvertrauen kann erklären, wie jemand mit meinen Fähigkeiten, meiner Bildung, meinem Witz, meiner Kreativität, meiner Intelligenz und, nicht zuletzt, mit meinem guten Aussehen auf den törichten Gedanken verfallen kann, nicht perfekt zu sein. Ich brauche mehr Selbstvertrauen.«

»Ich glaube, du bist auf einem guten Weg.«

VERGLEICHEN & OPTIMIEREN

Ich reibe mir die Augen und nehme einen großen Schluck Kaffee. In unserer Küche läuft das Radio.

»*Eine internationale Vergleichsstudie der Bertelsmann-Stiftung*«, sagt der Nachrichtensprecher, »*brachte erstaunliche Ergebnisse. Im Vatikanstaat werde nämlich, im Gegensatz zu Deutschland, kein Kindergeld gezahlt, und die Arbeitslosenquote liege im kaum messbaren Bereich. Es sei daher naheliegend, so die Stiftung, dass eine Streichung des Kindergeldes in Deutschland auch hierzulande zu einer signifikanten Senkung der Arbeitslosenzahlen führen würde.*«

Ich seufze und mache das Radio aus. Das Känguru kommt lasziv in die Küche geschlendert.

»Hier sehen Sie das Känguru«, sagt es, »in seiner neuesten Kreation.«

Es deutet auf sein T-Shirt voller Nullen und Einsen und sagt: »Ein Nerd-Shirt.«

»Was soll das?«, frage ich.

»Geschäftsidee.«

»Was steht da auf deinem T-Shirt?«

»Auf meinem Nerd-Shirt«, verbessert mich das Känguru.

»Ja. Auf deinem Nerd-Shirt. Was steht da?«

»Das siehst du doch.«

»0100011001110101011000110110101100100000011 110010110111101110101«, lese ich vor.

Das Känguru nickt. »›Fuck you‹ im Binärcode.«

Es setzt sich zu mir an den Küchentisch.

»Hatte noch eine Geschäftsidee«, sagt es.

»Bist ja richtig produktiv heute.«

»Ist dir auch schon mal aufgefallen«, fragt das Känguru, »dass die Spülmaschine unerfreulich oft das Geschirr nicht sauber kriegt?«

»Ja«, sage ich, nehme einen Schluck Kaffee und kratze dann ein angetrocknetes Salatblatt von der Tasse.

»Im krassen Gegensatz zur Waschmaschine«, sagt das Känguru, »die die Wäsche eigentlich immer sauber kriegt.«

»Worauf willst du hinaus?«

»Vergleichen und optimieren.«

»Wie bitte?«

»Ich denke, ich habe herausgefunden, was die Waschmaschine der Spülmaschine voraushat. Gleich morgen werde ich darum zum Patentamt gehen und die erste Spülmaschine mit Schleudergang anmelden!«

Ich blinzle.

»Haste Lust zu investieren?«, fragt das Känguru.

»Wie willst du dein Spülmaschinenmodell denn nennen?«, frage ich. »Polterabend?«

Das Känguru blinzelt.

»Ich sehe, worauf du hinauswillst«, sagt es.

»Vielleicht«, sage ich, »ist das mit dem Vergleichen und Optimieren gar nicht so einfach, wie uns die Bertelsmann-Stiftung glauben machen will.«

VX 2000

Die Heizung ist kaputt. Es ist kalt. Sehr, sehr kalt.

»Kuck mal! Ich bin eine Nebelmaschine«, sage ich und atme aus.

»Ich habe gestern schon einen Handwerker bestellt«, sagt das Känguru.

»Du hast was?«, frage ich verstört.

Da klingelt es an der Tür.

Reflexartig öffne ich und stehe verdutzt einem Schnurrbartträger im Blaumann gegenüber. In Anbetracht der etwas eingelaufenen Arbeitskleidung und der wirklich exorbitanten Oberlippenbehaarung sollte ich vielleicht lieber sagen: einem Blaumannträger im Schnurrbart.

»Ronny der Name. Ick komm wejen die Heizung.«

Ich blinzle.

»Der Handwerker!«, sagt der Mann.

Ich kreische und werfe die Tür zu.

»Was geht 'n?«, fragt das Känguru.

»Ich leide an einer Tekhnítēphobie«, sage ich leise.

»Was?«, fragt das Känguru.

»Panische Angst vor Handwerkern.«

Es klingelt wieder an der Tür.

Ich kreische und verstecke mich hinter dem Känguru.

»Der Handwerker hier«, ruft der Mann.

Ich kreische.

Das Känguru öffnet. Ich wende mich zur Flucht, stolpere wegen einem etwa suppentellertiefen Loch in den Dielen, rapple mich auf, renne ins Bad und schließe mich ein. Erleichtert setze ich mich auf den Toilettendeckel, mache die Augen zu und begebe mich auf eine mentale Reise zu meinem Happy Place. Es ist das Bällebad im Textileinkaufszentrum Modemüller. Plötzlich klopft jemand an die Badezimmertür. Ich kreische.

»Ich bin's nur«, flüstert das Känguru.

Ich öffne, lasse das Känguru herein und schließe sofort wieder ab.

»Isser weg?«, frage ich.

»Nein«, sagt das Känguru. »Er arbeitet an der Heizung. Was soll denn der Quatsch?«

»Handwerker verunsichern mich.«

»So?«

»Ja. Zum Beispiel bilden sie oft Sätze, in denen sie statt ›ich‹ als Subjekt ›die Firma‹ benutzen.«

»Das ist ja entsetzlich.«

»Oder«, sage ich, »ist dir schon mal aufgefallen, dass Handwerker immer Koffer mit unzähligen undefinierbaren Metallgegenständen dabeihaben, aber mit Sicherheit nicht das Teil, welches sie benötigen?«

»Wirklich beängstigend.«

»Manchmal habe ich Albträume, dass ich verflucht sei, mein ganzes Leben lang einen Handwerker in der Wohnung zu haben. Da habe ich dann niemals mehr meine Ruhe. Will ich spülen, dreht er das Wasser ab. Mache ich den Fernseher an, knallt er die Sicherungen raus. Immerzu stöbert er durch die Wohnung, verlegt Rohre, dreht hier was, fummelt dort was, ohne freilich auch nur ein Wort darüber zu verlieren, was er denn tut oder ob er überhaupt etwas tut – außer natürlich mit jeder Geste zu verstehen zu geben: ›Du bist keen richtija Mann. Richtije Männer brauchn mir jar nich.‹«

»Dein Albtraumhandwerker spricht Dialekt?«, fragt das Känguru.

»Alle Handwerker sprechen Dialekt.«

»Auch in Hannover?«

»Natürlich. Die werden extra in Friesland gezüchtet.«

»Und diese Phobie hast du von Geburt an, oder gab es da irgendeinen Auslöser?«

»Sagen wir mal, es gab ein verstärkendes Erlebnis. Als ich hier eingezogen bin, da wollte ich natürlich wie jeder zugezogene Neuberliner …«

»… die Dielen abschleifen«, sagt das Känguru.

»Korrekt. Und zufälligerweise war ein Handwerker des Vermieters im Haus gewesen, dem hatte ich das erzählt, und am Tag darauf stellte der mir einen Koffer vor die Füße und sagte: ›Is 'ne janz normale VX 2000. Is ja bekannt, wie man damit umjeht.‹«

»War aber nicht bekannt.«

»Nee. Handwerker sind von einer faszinierenden Arroganz allen gegenüber, die nicht die nötigen Fähigkeiten besitzen, ein fünfstöckiges Fachwerkhaus nur mit ihren eigenen Händen zu erbauen«, sage ich. »Jedenfalls folgte seinerseits eine dahingerotzte Aufzählung hundert verschiedener Handgriffe, von der bei mir ungefähr Folgendes hängen blieb: ›Hier das und dort dies und jenes machen, diesen Regler schieben, dann jenen und dann wieder 'nen anderen und dann das Gerät aufdrücken, aber bloß nicht zu stark, und auch nicht zu schwach, und immer schön kreisen, aber keine zu großen Kreise, und auch nicht zu kleine, sondern halt genau richtig, und überhaupt ganz einfach.‹ Ich hatte nichts verstanden, aber gesagt habe ich: ›Ah, klar, 'ne ganz normale VX 2000. Kennt ja jeder.‹«

Der Handwerker klopft gegen die Badezimmertür.

Ich kreische.

»Das ist ja wie bei *The Shining*«, sagt das Känguru belustigt. »Gleich wird er seine Axt aus dem Handwerkerkoffer holen und …«

»Hier is Ronny!«, ruft der Handwerker.

Ich kreische.

»Hör'n Se?«, fragt Ronny.

»Ja?«, fragt das Känguru und verlässt das Bad. Ich schließe sofort wieder ab.

»Det is een kleenerer Defekt«, sagt Ronny. »Det müsstense eigentlich selber reparieren können. Aba ick mach det natürlich für Sie. Bloß, ick brauch da so 'n 8er Kreuzkopfquerstrebeventil …«

»Ich wusste es«, murmle ich.

»So een Teil, det hab ick leider nich bei mir.«

»Schon klar«, sagt das Känguru.

»Aba ick stell Ihnen schon mal die Heizung wieder ein. Wann stehnse denn uff?«

»Wieso?«, fragt das Känguru.

»Na, weil die Heizung muss ja wissn, wann se losbollan soll.«

»Ah ja«, sagt das Känguru. »So um halb neun.«

»Un werktags?«, fragt Ronny.

Das Känguru schweigt. Der Handwerker schnaubt. Dabei hat das Beuteltier schon extra gelogen.

»Sie haben eine ungesunde Einstellung zum Thema Ausschlafen«, sagt es.

Der Handwerker klopft gegen die Badezimmertür. Ich kreische.

»Sie da drinne? Wollense nich rauskommen? Ick brauch nämlich noch een Autogramm.«

»Schreiben Sie an meine Agentur«, sage ich.

»Wat? Ick brauch 'ne Unterschrift! Dat ick hier war.«

»Er hat ein wenig Angst«, sagt das Känguru.

»Wat macht er denn beruflich?«, fragt der Handwerker.

»Kleinkünstler«, sagt das Känguru.

Ich seufze.

»Ick versteh schon«, sagt Ronny. »Es handelt sich hier meiner Meinung nach um den klassischen Minderwertigkeitskomplex des Homo ludens, also det spielenden Menschen, jegenüber dem Homo faber, also dem schaffenden Menschen. Aba wissense … Wie sachte schon Schiller: ›Der Mensch ist nur da janz Mensch, wo er spielt.‹ Ick selber schreibe ja ooch Jedichte und spiele jerne mal die eene oder andere Partie *Dungeons & Dragons*. Vor mir brauchense keene Angst zu ham.«

Ich öffne vorsichtig die Badezimmertür, trete hinaus, hole einen Kugelschreiber aus meiner Hosentasche und unterschreibe irgendeinen Wisch.

»Die Firma dankt«, sagt Ronny und steckt meinen Kugelschreiber ein. Plötzlich ruft er: »Momentchen! Ick kenn Sie doch! Sie sinn doch der Clown, dem ick ma die VX 2000 jeliehn hab … Da hamses 'n weenich zu jut jemeint, wa?«

Ich sage nichts.

»Da werdense wohl nich viel wiedersehn von Ihre Kaution, wa?«

Er lacht. »Üba Sie hab ick sojar en Jedicht jemacht! Passense uff:

Einst dreht ick meene Runde
Da kam des Wegs een junger Kunde

Wie jeder Zujezojene kriegte der 'nen Steifen
Beim Jedanken dran, die Dielen abzuschleifen
Ick lieh ihm dafür een jutet Jerät
Und erklärte et ihm, damit er's versteht
Aba die Liebesmüh, die war verlorn
Denn der Kunde wollt jar nicht schleifen, der wollt nach
Erdöl bohrn.«

»Das muss wirklich frustrierend sein«, sagt das Känguru zu mir. »Sogar dichten kann er besser.«

DIE FRAGE

Ich würfle.

Das Känguru kommt in die Küche und fragt was.

»Ich weiß nicht«, sagt Krapotke.

»Ist mir egal«, sage ich.

Krapotke würfelt.

»Habt ihr mir überhaupt zugehört?«, fragt das Känguru. »Was habe ich gerade gesagt?«

»Ich weiß nicht«, sagt Krapotke.

»Ist mir egal«, sage ich.

»Ich habe gefragt, welcher Tag ist.«

»Aha«, sagt Krapotke.

»Hm«, sage ich und würfle.

»Und?«, fragt das Känguru.

»Was?«, fragt Krapotke.

»Hä?«, frage ich.

»Welcher Tag ist?«, fragt das Känguru.

»Heute?«, fragt Krapotke.

»Oder wann?«, frage ich.

»In fünfzig Tagen!«, sagt das Känguru. »Nein! Natürlich heute.«

»Aha«, sage ich.

»Was ist in fünfzig Tagen?«, fragt Krapotke.

»Ich weiß nicht«, sage ich.

»Nichts!«, sagt das Känguru.

»Nichts?«, fragt Krapotke. »Dann ist doch egal, welcher Tag ist.«

»Aber welcher Tag ist heute?«, fragt das Känguru.

»Welcher Wochentag?«, fragt Krapotke.

»Oder welches Datum?«, frage ich.

»Welcher Wochentag!«, sagt das Känguru. »Wenn mich das Datum interessieren würde, hätte ich nach dem Datum gefragt.«

»Ah ja«, sagt Krapotke und würfelt.

»Hm«, sage ich.

»Kniffel!«, ruft Krapotke.

»Nein«, sage ich. »Für einen Kniffel müssen alle Würfel die gleichen Punkte zeigen. Deine zeigen alle etwas Unterschiedliches. Hier, schau, eins, zwei, drei, vier und fünf.«

»Ist das auch was wert?«, fragt Krapotke.

»Nee«, sage ich. »Das solltest du noch mal in den Becher schmeißen.«

»Also?«, fragt das Känguru.

»Was?«, fragt Krapotke und würfelt.

»Welcher Wochentag ist heute?«

»Warum willst'n das wissen?«, frage ich.

»Willst du einkaufen?«, fragt Krapotke.

»Ist noch Brot da?«, frage ich.

»Ich weiß nicht«, sagt das Känguru.

»Vielleicht kuckst du lieber nach, bevor du einkaufen gehst«, sage ich.

»Ich geh nicht einkaufen«, sagt das Känguru.

»Nein?«, fragt Krapotke.

»Hast du's dir anders überlegt?«, frage ich.

»Ich hab nie gesagt, dass ich einkaufen gehe«, sagt das Känguru.

»Nein?«, fragt Krapotke.

»Was hast du dann gesagt?«, frage ich.

»Ich wollte von euch wissen, welcher Wochentag heute ist.«

»Ach so«, sagt Krapotke.

»Hm«, sage ich und würfle.

»Und?«, fragt das Känguru.

»Was?«, fragt Krapotke.

»Was was?«, frage ich.

»Was und?«, sagt Krapotke.

»Was was und?«, frage ich.

»Ich weiß nicht«, sagt Krapotke. »Hat das Känguru gesagt.«

»Was hab ich gesagt?«, fragt das Känguru.

»Ich weiß nicht«, sage ich.

»Und«, sagt Krapotke.

»Und was?«, frage ich.

»Welcher Wochentag ist wohl heute?«, fragt das Känguru.

»Ich weiß nicht«, sagt Krapotke.

»Ist mir egal«, sage ich.

Das Känguru kratzt sich an der Schnauze.

»Dienstag vielleicht«, sagt Krapotke.

»Wieso?«, fragt das Känguru.

»Wieso nicht?«, frage ich. »Ist doch ein Tag so gut wie der andere.«

»Alles klar«, sagt das Känguru. »Dienstag vielleicht.«

»Dann ist in fünfzig Tagen auch Dienstag«, sagt Krapotke.

»Mittwoch«, sagt das Känguru.

»Was ist in fünfzig Tagen eigentlich?«, fragt Krapotke.

»O nein!«, rufe ich. »Es geht von vorne los.«

»Was?«, fragt Krapotke und würfelt.

»Das muss man sich mal klarmachen«, sage ich, »die Evolution brauchte Jahrmillionen, um unsere Stimmbänder hervorzubringen, die menschlichen Kulturen benötigten Zehntausende von Jahren, um unsere modernen Sprachen zu formen, und die ganze mühevolle Entwicklung kulminiert in dieser Unterhaltung. Es ist niederschmetternd.«

»Kniffel!«, ruft Krapotke.

»Nein«, sage ich. »Du hast fünf Einsen, aber du bräuchtest, ähm, fünf Fünfen. Verstehst du?« Dann nehme ich mein Handy aus der Tasche und blicke darauf.

»Es ist übrigens Sonntag«, sage ich.

»Gut, dass du nicht einkaufen gegangen bist«, sagt Krapotke.

POLITISCHES KABARETT

Wer der Meinung ist, dass manche Fernsehsendungen langweilig sind, sollte mal bei ihrer Aufzeichnung dabei sein. Dann wüsste er, was langweilig ist. Die meiste Zeit sitzt man dumm rum und wartet. Deshalb habe ich das Känguru mitgenommen. Wir spielen seit zwei Stunden Open-Schnick.

»Schnick, Schnack, Schnuck!«, rufe ich.

Ich zeichne mit meinem Zeigefinger einen Kreis um meinen Kopf. Das Känguru tut so, als würde es mir von oben mit der Faust auf selbigen Kopf schlagen.

»Bud Spencer«, sagt es.

»Jesus!«, rufe ich. »Yes! Ich habe die Serie gebrochen!«

»Wie bitte?«

»Na, Jesus ist ja wohl viel wichtiger als ein toter italienischer Schauspieler mit einem falschen Namen.«

»Es geht hier nicht um wichtig!«, sagt das Känguru. »Es geht um die direkte Konfrontation! Und jetzt stellen wir uns folgende Situation vor. Bud Spencer trifft im Himmel auf Jesus. Celebrity Death Match. Bud Spencer verpasst Jesus total eine Schelle von rechts. Wie würde Jesus reagieren?«

Ich seufze.

»Er würde die andere Wange hinhalten«, gebe ich zu.

Eine Praktikantin klopft an die Tür meiner Garderobe und sagt: »Sie können jetzt zur Probe kommen!«

Ich betrete wie mir geheißen den Sendesaal.

»Schön, schön«, sagt der Fernsehredakteur, »dann gehen wir mal Ihre Nummer durch.«

»Gerne«, sage ich, stelle mich ans Mikrofon und beginne: »Die neoliberale Europäische Union …«

»Halt«, sagt der Redakteur freundlich.

»Was?«

»Ich finde, das ist zu abstrakt.«

»Okay«, sage ich. »Was schlagen Sie vor?«

»Könnten Sie nicht statt ›die neoliberale Europäische Union‹ lieber ›Angela Merkel‹ sagen?«

»Äh … okay. Ich kann's probieren«, sage ich. »Angela Merkel hat eine Todeszone …«

»Halt!«, sagt der Redakteur.

»Was?«

»Können wir nicht statt ›Todeszone‹ lieber ›komische Frisur‹ sagen?«

»Hm … na gut …«, sage ich. »Angela Merkel hat eine komische Frisur um ihre Außengrenzen geschaffen …«

Der Redakteur räuspert sich.

»Was jetzt?«, frage ich.

»Mopsgesicht. Können wir nicht statt ›Außengrenzen‹ ›Mopsgesicht‹ sagen? Schließlich machen wir ja eine Unterhaltungssendung.«

Ich seufze.

»Angela Merkel hat eine komische Frisur um ihr Mopsgesicht geschaffen, um Menschen von einer Flucht in den Westen abzuschrecken …«

»Westen finde ich nicht lustig. Könnten Sie nicht irgendwas mit DDR sagen? Das finden die Leute immer witzig. Also vielleicht: ›… weil sie in der DDR groß geworden ist‹.«

»Angela Merkel hat eine komische Frisur um ihr Mopsgesicht geschaffen, weil sie in der DDR groß geworden ist, deren Ursachen sie durch ihre Agrar-, Handels- und Militärpolitik massiv mitverursacht hat.«

»Also, der letzte Halbsatz ergibt für mich in diesem Kontext keinen Sinn. Probieren Sie doch mal ›und als Kind nie Bananen bekommen hat‹.«

»Angela Merkel hat eine komische Frisur um ihr Mopsgesicht geschaffen, weil sie in der DDR groß geworden ist und als Kind nie Bananen bekommen hat«, sage ich.

»Superwitzig«, sagt der Redakteur.

»Irgendwie habe ich das Gefühl«, sage ich, »dass ich etwas ganz anderes sagen wollte.«

»Ja, aber wir haben uns nicht angreifbar gemacht.«

Als ich die Bühne verlasse, ist das Känguru ganz aufgeregt.

»Ist das immer so?«, fragt es. »Und lässt du dir das einfach gefallen?«

»Ich verrate dir jetzt ein ganz großes Showbiz-Geheimnis«, sage ich.

»So?«

»Proben sind Proben. Aber Livesendungen sind live.«

MARKTLÜCKE

Ich liege auf der Couch, und aus einem nicht unangenehmen Gefühl der Langeweile heraus nehme ich den Fantasyschmöker, den das Känguru zurzeit liest, vom Wohnzimmertisch. Das Buch heißt *Die Wunderhure in Wuppertal* und ist von keinem Geringeren als Wenzel R.R. Skowronek. Ich schlage den 1432-seitigen Wälzer irgendwo in der Mitte auf und beginne zu lesen:

Sterbend reichte der Riesenzwerg Ülf seiner Liebsten Schant'al sein Kurzschwert Knups.

»Ich möchte, dass du es an meiner statt trägst, Licht meines Lebens«, keuchte er. Der Stalagmit, auf den Dragondoels Mutter Ülf aufgespießt hatte, hinderte ihn sichtlich am deutlichen Sprechen. Die Wunderhure weinte nicht. Sie hatte keine Tränen mehr. Sie hatte alle schon vergossen, als Ülf das letzte Mal gestorben war.

»Knups beginnt immer laut zu jammern, wenn Feinde in der Nähe sind«, röchelte der Riesenzwerg. »Wenn ich ehrlich sein soll, eine eher unpraktische Eigenschaft, die schon viele seiner Träger das Leben gekostet hat. Darunter mich.«

In diesem Moment vernahmen sie plötzlich laut und deutlich Knups' weinerliche Stimme: »O nein! Da kommt jemand! Ich hab solche Angst! Wir werden alle sterben! Und ich kann doch kein Blut sehen!«

Das Känguru kommt ins Wohnzimmer gehüpft und ruft: »Geschäftsidee!«

»Später«, sage ich. »Das Buch ist gerade so spannend.«

»Verarschen kann ich mich alleine.«

»Mach doch mal«, sage ich.

Das Känguru zieht eine Karte aus seinem Beutel und reicht sie mir.

»Hier meine Geschäftsidee«, sagt es.

Vorne auf die Karte hat es in Schnörkelschrift geschrieben: »Herzlichen Glückwunsch«.

»Glückwunschkarten?«, frage ich. »Was ist daran neu?«

»Klapp mal auf.«

Ich klappe auf, und aus der Karte tönt es:

»Ich war fast überall
und ich kenne auch fast alle
doch noch nie traf ich einen
der auch nur fast so
DUMM WAR WIE DU DU DU
DUMM WAR WIE DU DU DU
DUMM WAR WIE DU DU DU
bist der dümmste Mensch auf der Welt.
Herzlichen Glückwunsch.«

»Glückwunschkarten für Feinde!«, ruft das Känguru.

»Schöne Marktlücke«, sage ich.

»Das ist keine Marktlücke!«, ruft das Känguru. »Das ist der Markt zur Lücke! Ich hab nämlich mal ein bisschen Marktforschung betrieben, und es hat sich herausgestellt, dass die meisten Menschen weit mehr Leute kennen, die sie nicht leiden können, als Leute, die sie leiden können.«

»Aha. Und wen hast du da so ausgeforscht?«

»Na, dich zum Beispiel. Weißt du nicht mehr? Ich habe dich doch vor ein paar Tagen mal gefragt, wen du alles nicht leiden kannst, und du hast den ganzen Abend den Mund nicht mehr zubekommen.«

»Aha. Und wen hast du sonst noch befragt?«

»Na … äh … mich.«

»Jo. So sagt man ja: Zwei Meinungen sind schon 'ne Statistik.«

»Sagt man so?«

»Nee«, sage ich. »Höchstens bei der Bertelsmann-Stiftung.«

»Wolltest mich nur veralbern?«, fragt das Känguru.

»Mhm.«

»Hier. Ich schenk dir die erste Karte.«

»Na danke.«

KARMA-KONTO

»Wo gehen wir essen?«, frage ich.

»Zum Franzosen?«, fragt das Känguru.

»Hm«, sage ich. »Da isses schon lecker, aber die Kellner leiden alle am Aufmerksamkeitsdefizitsyndrom. Selbst wenn man sich auf den Stuhl stellt und die Marseillaise singt, kommt keiner an den Tisch.«

»Dann der Koreaner da drüben?«

Ich nicke, will die Straße überqueren, um mich an einen der Tische vor dem Restaurant zu setzen, da hält mich das Känguru zurück.

»Halt, halt!«, sagt es. »Hast du nicht was vergessen?«

Es holt zwei Schnapsgläser und eine Flasche aus seinem Beutel.

»Ach ja, der kategorische Aperitif«, sage ich.

Das Känguru schenkt ein.

»Hertas Selbstgebrannter«, sagt es.

Ich rieche daran.

»Boah«, sage ich. »Das kann man nicht trinken. Das kann man nur anzünden.«

Wir trinken es trotzdem und wanken dann zum Restaurant hinüber.

Kaum haben wir uns gesetzt, besucht uns auch schon die koreanische Kellnerin.

»Einmal die 13 und die 72, bitte«, sagt das Känguru.

»Und für mich«, sage ich, »bitte die 12. Und die 61 ohne Koreaner.« Als mir auffällt, was ich gerade gesagt habe, laufe ich dunkelrot an. »Koriander, meine ich. Ohne Koriander bitte.«

»Die 61 ist sowieso ohne Koreaner«, sagt die Kellnerin und geht zu einem anderen Tisch.

»O Gott, war das peinlich«, sage ich und versinke in meinem Stuhl.

»Ich finde, das war ein sehr interessanter freudscher Versprecher«, sagt das Känguru.

»So?«

»Ja, ihr Deutschen wollt nämlich die Annehmlichkeiten einer multikulturellen Gesellschaft, also die Dienste, die Immigranten verrichten, aber was ihr nicht wollt, sind die Immigranten selbst. Ihr wollt tatsächlich die 61 ohne Koreaner!«

»Ja, entweder das, oder ich habe mich nur versprochen«, sage ich. »Jetzt übertreib's mal nicht.«

»Ich übertreibe, wann ich will!«

»Schuld hat nur dein kategorischer Aperitif. Der macht einen ganz wuschig im Kopf.«

»Das muss ich zugeben.«

»Ich hab ja mal in Paris einen Französischkurs gemacht …«, sage ich.

»Oho!«, sagt das Känguru. »Der Herr hat mal in Paris einen Französischkurs gemacht!«

»Sei still. Jedenfalls kamen die Schüler von überallher, und es war auch ein Joey aus New York dabei.«

»Und du bist dir sicher, dass du das erlebt hast und nicht bei einer Folge *Friends* eingeschlafen bist?«

»Ja, jedenfalls …«

»… ist der Kopf dicker als der Hals.«

»Wie bitte?«

»Und sind die Beine so gestellt, dass der Kopf nicht runterfällt.«

Ich blinzle.

»Willst du die Geschichte hören oder nicht?«, frage ich.

»Kann ich das danach entscheiden?«

»Also: In einer Unterrichtsstunde hat uns der Lehrer dann gebeten, eine typische Speise zu nennen, die in unserem Heimatland erfunden worden ist. Und Joey aus den USA hat gesagt: ›Pizza‹. Das wollte eine anwesende Italienerin so nicht durchgehen lassen, da hat Joey gesagt: ›French Fries.‹«

»Schwierige Entscheidung«, sagt das Känguru.

»Das ist witzig«, sage ich, »weil ja schon im Namen ›French Fries‹ ein Hinweis auf den Herkunftsort …«

»Das habe ich schon verstanden.«

Ich lasse meinen Blick durch die Gegend schweifen. Ein niedriger Zaun trennt den Außenbereich des Restaurants vom Geschehen in der Fußgängerzone. Wie immer in asiatischen Restaurants dauert es absurd kurz, bis wir unser Essen bekommen. Wir haben noch keinen Bissen genommen, da bleiben zwei kleine, arme Mädchen, die kaum über den Zaun kucken können, vor uns stehen. Eines blickt zu uns rüber und hält dann seine geöffnete Hand über die Absperrung. Das Känguru gibt ihm ein paar Frühlingsrollen, und das Mädchen lächelt dankbar.

»Was war denn das gerade?«, frage ich.

»Ich habe dem Mädchen was zu essen gegeben«, sagt das Känguru.

»Ja«, sage ich. »Das habe ich gesehen, und ich finde das höchst löblich, aber warum hast du das Essen von meinem Teller genommen und nicht von deinem?«

»Ach … Mein … Dein … Ist doch egal.«

»Du meinst, weil ich sowieso beides bezahlen muss?«

»Sei lieber froh, dass ich auf dein Karma-Konto eingezahlt habe«, sagt das Känguru. »Du hast es bestimmt nötig. Ich sage nur: 61 ohne Koreaner.«

Ich greife über den Tisch, nehme eine Sommerrolle vom Teller des Kängurus und gebe sie der Freundin des kleinen Mädchens.

»Wollte mich nur für den erwiesenen Gefallen revanchieren«, sage ich.

»Ich danke dir. Schön, einen solchen Freund zu haben«, sagt das Känguru, schnappt sich meine restlichen Frühlingsrollen und reicht sie über den Zaun.

»Es ist mir ein Vergnügen«, sage ich und gebe den Mädchen gleich eine der Schüsseln des Kängurus.

Einige Freundlichkeiten später ist unser Tisch leer, ohne dass wir einen Happen gegessen hätten.

»Mir ist eh schlecht von dem Schnaps«, sagt das Känguru.

»Mir auch«, sage ich. »Lass uns gehen.«

»Du musst noch bezahlen.«

BALKON-BEOBACHTUNGEN

Ich reibe mir die Augen und nehme einen großen Schluck Kaffee. In unserer Küche läuft das Radio. Vermutlich habe ich es angemacht, damit ich gleich morgens schlechte Laune kriege.

»Laut Insiderberichten«, sagt der Nachrichtensprecher, *»forderte Bundeskanzlerin Angela Merkel heute auf der CDU-Klausurtagung einen nachhaltigeren Umgang mit dem Internet. Wenn man die ganze Zeit immer nur Sachen runterlade, sei irgendwann halt nichts mehr da, so Merkel wörtlich.«*

Das Känguru stürmt in die Küche und ruft: »Los! Komm mal schnell auf den Balkon!«

Gleich darauf stehen wir auf dem Balkon und schauen zwei Leuten im Haus auf der anderen Straßenseite zu, die bei offenem Fenster Sex haben. Das ist zwar nicht sonderlich spannend, aber es ist wie bei Youtube. Wenn es erst mal läuft, zwingt einen eine Mischung aus Neugier und Entsetzen hinzukucken.

»Was ist das?«, frage ich und deute auf das linke Ende des hautfarbenen Knäuels. »Ein Arm oder ein Bein?«

Das Känguru holt ein Fernglas aus seinem Beutel.

»Ein Bein«, sagt es. Ich nehme mir das Fernglas und blicke hindurch. Kurz sehe ich ein Gesicht.

»Ha!«, rufe ich. »Den kenn ich! Den hab ich mal bei Herta getroffen. Der ist Datenschutzbeauftragter bei Google Deutschland.«

»Ernsthaft?«, fragt das Känguru. »Klingt wie Abrüstungsexperte bei Heckler & Koch.«

Es zieht eine Kamera und ein Stativ aus seinem Beutel und beginnt zu filmen.

»Ich habe im Internet gelesen«, sagt es, »dass es in den USA Seminare gibt, in denen man lernt, wie man anderen unauffällig beim Sex zukucken kann.«

»Schon der erste Teil deiner Geschichte lässt mich gehörig an ihrem Wahrheitsgehalt zweifeln«, sage ich. »Du hast irgendwo im Internet gelesen, dass es irgendwas in den USA geben soll … Anfang der Neunziger hättest mich mit so 'nem Einstieg vielleicht beeindruckt.«

»Aber das hier stimmt«, sagt das Känguru. »Man bekommt am Ende von den Spanner-Seminaren sogar seine Leistung bescheinigt und, wenn man bestanden hat, ein Zertifikat.«

»Das heißt, da sitzt dann einer im Baum und spannt, und wenn er plötzlich entdeckt wird, zeigt er seine Bescheinigung und sagt: ›Keine Angst! Ich bin Profi!‹?«

»Ja, und daraufhin sind bestimmt alle anderen erleichtert und sagen: ›Ach so! Na dann!‹«

Das Knäuel im Haus gegenüber löst sich schon wieder voneinander. Als der Mann zu uns hinüberblickt, zieht das Känguru Wertungsblöcke aus seinem Beutel. Ich vergebe eine freundliche 4,2. Das Känguru gibt nur eine 2,9. Der Mann sieht sehr verblüfft aus.

»Zu kurz«, ruft das Känguru erklärend. »Zu wenig originell!«

»Ich weiß nicht, ob wir den Part mit dem Unauffälligsein bestanden hätten«, sage ich.

»Was soll das?«, brüllt der Typ verärgert. »Wie wäre es mit ein bisschen Privatsphäre!«

»Wer nichts zu verbergen hat, braucht auch nichts verheimlichen!«, rufe ich.

Das Känguru hält ein Schild in die Höhe, auf dem groß »Fitnesscenter« steht, und ruft: »Wir sammeln deine Daten nur, um dir für dich passendere Werbung vorschlagen zu können!«

STROGANOFFS 9. SINFONIE

Wir laufen eine Straße entlang.

»**Bumm!** *Ke.* **BaBumm!** *Ke.*«

»Hör mal auf damit«, sagt das Känguru.

»Womit?«, frage ich. »**Bumm!** *Ke.* **BaBumm!** *Ke.*«

»Mit dem Krach. Das nervt total.«

»Das ist kein Krach«, sage ich. »Das nennt sich Beatboxing. **Bumm!** *Ke.* **BaBumm!** *Ke.* Erkennste das Lied nich?«

Das Känguru seufzt.

»›Angel‹ von Massive Attack«, sage ich.

»Ah. Ja. Jetzt. Ist ja kaum zu verkennen.«

»**Böh** Döh Döh Döh Töh Dödö Döh Döh …«

»Hör jetzt auf!«, sagt das Känguru.

»'tschuldigung.«

»Besorg mal lieber was zu essen.«

»Was'n?«

»Ich hab Bock auf Fleisch. Vielleicht 'ne Bratwurst oder 'n Schnitzelbrötchen.«

»**Bo***ck* auf 'ne **Bra**twurst. **Bo***ck* auf 'ne **Bra**twurst.«

»Boah! Alter!«, stöhnt das Känguru.

»**Bra**twurst! Schnitzel**brö**tchen! **Bra**twurst! Schnitzel**bröt**-chen!«

»Was ist das jetzt?«, fragt das Känguru. »Meatboxing?«

»**Bra**twurst! Schnitzel**brö**tchen!«

»Na gut«, sagt es, holt eine Baseballmütze aus seinem Beutel, setzt sie sich falsch rum auf den Kopf und beginnt zu rappen:

»Yo yo!«

»**Bra**twurst!«

»Listen to the meat!«

»**Bra**twurst!«

»Bring it on!«

»**Bœ**uf **Bœ**uf Stroganoff! **Bœ**uf **Bœ**uf Stroganoff!«

Ein Passant ist stehen geblieben und sieht uns erstaunt zu.

»**Bra**ten! Stea*k*! T-**Bo**ne! *Keu*le!
Braten! Stea*k*! T-**Bo**ne! *Keu*le!«
»Komm, wir kaufen Bratwürste und Tomatenmark,
und dann machen wir zusammen ein Feuer im Park!«
»**Bra**ten! Stea*k*! T-**Bo**ne! *Keu*le!«
»Und motzt einer vom Ordnungsamt, dann werden wir den killen,
und dann haben wir, Alter, noch mehr zum Grillen!«
»**Bu**lette **Bu**lette **Bu**lle**bu**lette **Bu**lette!«
»Noch mehr zum Grillen!«
»**Bu**lette **Bu**lette **Bu**lle**bu**lette **Bu**lette!«
»Grilling in the name of!«
»*Ko*telett Le**ber***käse* Kotelett Le**ber***käse*!«
»Your Guru Käng featuring Meat-Jay Burger Kling!«
»**Barbe***cue*! Tsatsi*ki*tsi*ki*! **Barbe***cue*! Tsatsi*ki*tsi*ki*!«
»Unser Fleisch ist willig, unser Geist ist wach.
Wir klopfen alle Faschos – und legen sie flach
übers Feuer. Wir sind die Meister des Chillens,
und wir feiern zusammen den Triumph des Grillens!«

»Das ist ganz schön eklig, wenn man mal drüber nachdenkt.«

»Man darf niemals über Hip-Hop-Texte nachdenken«, sagt das Känguru, »und man darf auch niemals im Finale den Beat unterbrechen.«

»Sorry. **Bu**lette **Bu**lette **Bu**lle**bu**lette **Bu**lette!«

»Are you in the slaughterhouse?«

»**Bu**lette **Bu**lette **Bu**lle**bu**lette **Bu**lette!«

»Meatboxing like Rocky Balboa!«

»**Bu**lette **Bu**lette **Bu**lle**bu**lette **Bu**lette!«

»LET THE MEAT CONTROL YOUR BODY!«

Bei den letzten Worten reißt sich das Känguru die Mütze vom Kopf und knallt sie auf den Boden. Der Passant wirft fünf Euro hinein. Das Känguru nimmt den Schein heraus.

»Ich geh dann mal Essen kaufen«, sagt es.

»Für mich bitte was Vegetarisches.«

HERRN KEUNERS MATRATZE

WARNHINWEIS
Die folgende Geschichte ist für Hypochonder ungeeignet.

Ich stolpere mit einem Stapel neuer, vakuumverpackter Kissen zur Tür herein und stoße mir mal wieder den Kopf an der viel zu tief hängenden Wohnzimmerlampe.

»Verdammt«, fluche ich.

»Was wird denn das hier?«, fragt das Känguru und deutet auf meine Einkäufe. »Kissenschlacht?«

»Ich habe mir neue Kissen gekauft«, sage ich.

»Das sehe ich. Aber warum?«

»Ich habe gestern in einem Buch gelesen, dass bei einem sechs Jahre alten Kissen im Schnitt zehn Prozent des Gewichts aus Haaren, Schuppen, Milben, toten Milben und Milbenexkrementen bestehen.«

»Und?«, fragt das Känguru.

»Mein Kissen ist mindestens zehn Jahre alt.«

»Häufig bereut man, nicht nach dem ›Warum‹ gefragt zu haben«, sagt das Känguru, »aber ich glaube, noch häufiger bereut man, gefragt zu haben.«

»Ich konnte die ganze Nacht nicht schlafen«, sage ich.

»Solche Panik?«

»Aufrecht sitzend kann ich einfach nicht einschlafen.«

Ich gehe in mein Zimmer, nehme angewidert mein altes

Schlafkissen zwischen Daumen und Zeigefingerspitze, gehe zurück ins Wohnzimmer und reiche es dem Känguru. »Hier. Bitte entsorgen.«

Das Känguru nimmt das Kissen und wirft es in seine Hängematte. Ich setze mich auf die Couch.

»Ich finde das unverantwortlich«, sage ich. »Man kann doch eine solche Information nicht einfach so in ein Buch schreiben! Das ist doch total rücksichtslos! Ich finde, da könnte man wenigstens einen Warnhinweis vorschalten: ›*Achtung! Das folgende Kapitel ist für Hypochonder ungeeignet.*‹«

»Ja, ja. Es mangelt wirklich an Warnhinweisen«, sagt das Känguru. »Gerade hier in Deutschland. Zum Beispiel brauchen wir noch viel mehr von diesen hervorragenden Schildern mit der Aufschrift ›Gehwegschäden‹. Das würde Tausende von Leben retten.«

»Da können wir noch einiges von den USA lernen«, sage ich. »Ich war dort mal im Urlaub und habe für meinen kleinen Neffen als Mitbringsel ein Superman-Kostüm gekauft. Und im Umhang war ein Etikett eingenäht, da stand drauf: ›This cape does not enable the user to fly.‹«

Ich stehe auf und stoße mir schon wieder den Kopf an der Deckenlampe.

»Ts, ts, ts«, sagt das Känguru. »Die hängt da aber auch wirklich blöd.«

»Jeden Tag mindestens dreimal«, murre ich.

»Häng die Lampe doch höher.«

»Ach …«, sage ich. »Ich könnte auch einfach im Wohnzimmer immer eine dicke Bommelmütze tragen.«

»Ja, das klingt praktikabler«, sagt das Känguru.

Es blickt mich sinnend an.

»Weißt du, es gibt da so eine Parabel von Brecht«, sagt es.

»Herr Keuner hatte unter seiner Matratze einen Haufen spitzer Steine.«

»Wieso?«, frage ich.

»Was, wieso?«

»Warum hat er die Matratze nicht woanders hingelegt?«

»Was weiß ich. Vielleicht hatte er keinen Platz.«

»Wo?«

»Na, in seiner Butze.«

»Wieso hatte er überhaupt spitze Steine in seiner Wohnung?«

»Darum geht's nicht!«

»Wer sich seiner Vergangenheit nicht erinnert, ist verurteilt, sie zu wiederholen.«

»Was soll das denn jetzt heißen?«

»Na, ich meine nur«, sage ich. »Wenn du so vehement die Ursachenforschung unterbindest, musst du dich nicht wundern, dass sich das Problem nicht lösen lässt.«

»Gut«, sagt das Känguru. »Sagen wir, Herr Keuner hat die Wohnung so vermietet bekommen.«

»Mit der Matratze auf den spitzen Steinen?«

»Korrekt.«

»Würde ich die Miete mindern.«

»Halt die Klappe.«

»Und die Matratze austauschen. Gott weiß, wie viele Milbenexkremente da schon drin sind. «

»Ich habe gesagt, du sollst still sein«, sagt das Känguru. »Jedenfalls wäre das Wegräumen der Steine mit großer Anstrengung verbunden. Deshalb beschließt er, dass es bequemer für ihn ist, die Steine unter seiner Matratze zu lassen. Das siehst du auch so, nicht wahr?«

»Du meinst, weil ich die Lampe nicht höher hänge?«

»Manchmal wird es Herrn Keuner aber doch zu unbequem, dann verlangt er von seinem Vermieter eine dickere Matratze, und ab und zu bekommt er die auch genehmigt. Und daraufhin ist es tatsächlich ein wenig besser, bequemer. Der Punkt ist aber der: Solange Herr Keuner nicht die Steine wegräumt, wird er dennoch jeden Morgen mit Rückenschmerzen aufwachen.«

»Und das hat Brecht geschrieben?«, frage ich.

»Nein«, sagt das Känguru. »Das habe ich mir gerade ausgedacht, aber wenn ich dir das gleich gesagt hätte, hättest du mir wieder nicht richtig zugehört.«

»Mit dem Haufen spitzer Steine meinst du den Kapitalismus, wa?«

»Nein! Mit dem Haufen spitzer Steine meine ich deine Oma, Alter!«

»Und die Matratze ist die sogenannte ›soziale‹ Marktwirtschaft? Richtig?«

»Warst du eigentlich schon als Kind hochbegabt?«

»Herr Keuner könnte es doch machen wie du«, sage ich. »Einfach 'ne Hängematte so hoch über die spitzen Steine hängen, dass man sie nicht berührt.«

»Ach …«, murmelt das Känguru, wirft mir einen geringschätzigen Blick zu und hüpft in Richtung Küche.

»Vorsicht!«, rufe ich.

»Was denn?«, fragt das Känguru und wendet gerade rechtzeitig seinen Blick wieder nach vorne, um selbst zu sehen, wie es mit seinem etwas zu nah an der Tür hängenden Boxsack kollidiert. Benommen sitzt es auf dem Boden.

»Ts, ts, ts«, sage ich. »Der hängt da aber auch wirklich blöd …«

»Sehr witzig.«

»Weißt du«, sage ich, während sich das Känguru aufrappelt. »Ich mochte mein Kissen!« Ich packe eines der neuen

Kissen aus. »Ich mochte mein Kissen sehr! Es war wahrscheinlich der Gegenstand, zu dem ich die innigste Beziehung hatte. Aber zehn Prozent …«

»Welcher Prozentsatz an Haaren, Schuppen, Milben, toten Milben und Milbenexkrementen wäre denn für einen Hypochonder akzeptabel?«, fragt das Känguru.

»Hm«, sage ich. »Ich verstehe, worauf du hinauswillst.«

»Was also wirst du tun?«

»Nun ja«, sage ich. »Ich habe sieben Kissen gekauft. Und bis zum Ende der Woche ist mir hoffentlich was Besseres eingefallen.«

SCHWEDISCHE WISSENSCHAFTLER

Als wir die Straße entlangschlendern, treffen wir auf Gott. Gott heißt eigentlich Maria, ist Mitglied im Asozialen Netzwerk und hat ihren Decknamen meines Erachtens sehr passend gewählt, denn sie ist wirklich anbetungswürdig. Normalerweise. Aus Gründen allerdings, deren Erörterung tiefer in die Abgründe von Wirtschaft und Gesellschaft führen würde, als an dieser Stelle Platz ist, steckt sie gerade in einem Plüschhandykostüm und verteilt Werbezettel an Passanten, und dies trotz oder vielleicht auch wegen eines abgeschlossenen Studiums der Geisteswissenschaften. Als ich Maria begrüßen möchte, hält mich das Känguru zurück.

»Geh nicht so nah ran«, sagt es. »Hast du keine Angst vor der Strahlung?«

Maria wendet sich uns zu.

»Handystrahlung ist überhaupt nicht schädlich«, sagt sie und schnipst ein totes Insekt aus ihrem Plüschhandykostüm. »Habe ich letztens erst wieder gehört.«

»Soso«, sagt das Känguru. »Hast du gehört. Na, wenn du das gehört hast, dann muss das ja stimmen.«

»Ich habe das auch gehört«, sage ich.

»Habt ihr auch schon mal davon gehört, dass jeder Mensch pro Jahr im Schlaf circa acht Spinnen verschluckt?«, fragt das Känguru.

»Ich habe davon gehört«, sagt Maria. »Total eklig.«

»Ja, ja«, sagt das Känguru. »Total eklig. Und totaler Schwachsinn. Eine, ich glaube, schwedische Journalistin hat sich das Anfang der Neunzigerjahre ausgedacht, um zu zeigen, dass die meisten Menschen einfach unreflektiert jedes noch so blödsinnige Gerücht glauben.«

»Wie?«, frage ich. »Das mit den Spinnen stimmt gar nicht? Das heißt, ich habe jahrelang grundlos auf dem Bauch geschlafen?«

»Hast du dich nie gefragt, wer das mit den acht Spinnen wie gemessen haben soll?«, fragt das Känguru.

»Na, äh … also … die haben wahrscheinlich eine äh … repräsentative Menge, sagen wir tausend Leute … ein Jahr lang im Schlaf mit, äh, Wärmebildkameras – wobei, Spinnen sind kalt, glaube ich –, also, äh, mit Bewegungsmeldern …«

»Ja, genau«, sagt das Känguru. »So wird es gewesen sein. Und finanziert hat das Ganze die Gesellschaft zur Förderung der Arachnophobie.«

»Hm.«

»Gerüchte zu verbreiten ist einfacher, als in Wacken Freibier loszuwerden«, sagt das Känguru. »Man haut eine von keinerlei Faktenkenntnis getrübte Behauptung in die Welt – zum Beispiel: ›Saddam Hussein hortet Massenvernichtungswaffen‹ – und ergänzt diese durch ein bedeutungsschwangeres ›Hab ich gehört‹, dann denken die Leute: ›Aha! Hat er gehört! Hat er sich nicht ausgedacht! Dann wird das wohl stimmen.‹ Aber kaum einer macht sich klar, wie viel Unheil Gerüchte bewirken können. Wenn vor Urzeiten Petrus nicht zu seinen Kumpels gesagt hätte, ›Ey, Jesus ist von den Toten auferstanden. Hab ich gehört‹, wäre unzähligen rothaarigen Frauen im Mittelalter einiges erspart geblieben.«

»Aber das ist wirklich wahr!«, ruft Maria. »Also das mit der Handystrahlung. Ich hab das gehört! Ehrlich!«

»Ich habe das sogar irgendwo gelesen«, sage ich.

»Oh! Stufe zwei!«, ruft das Känguru. »Man kombiniere das Gerücht mit einem wohlinformierten ›Hab ich gelesen‹. Dann denken nämlich alle gleich: ›Aha! Hat er nicht nur gehört, hat er gelesen! Er kann lesen! Er ist sehr intelligent!‹ Am besten fügt man noch hinzu: ›In einer Zeitung‹ – oder noch besser, man sagt: ›In Geheimdienstberichten.‹ Denn die sind ja praktischerweise geheim. In denen könnte man nicht mal nachlesen, wenn man wollte.«

»Das mit der Strahlung stimmt echt«, sagt Maria. »Das haben ein paar Wissenschaftler herausgefunden.«

»Stufe drei!«, ruft das Känguru. »Das überzeugende ›Haben ein paar Wissenschaftler herausgefunden‹.«

»Ja«, sage ich. »Schwedische Wissenschaftler, glaube ich.«

»Ausgezeichnet«, sagt das Känguru. »Durch geschickt eingestreute Adjektive – wie hier ›schwedisch‹ – kann man die Glaubwürdigkeit noch mal erheblich verstärken und selbst die notorischsten Zweifler überzeugen. Wobei man sich mit einem falschen Adjektiv auch schnell unglaubwürdig macht.«

»Zum Beispiel?«

»Zum Beispiel: ›Amerikanische Wissenschaftler haben herausgefunden, dass …‹ Ganz schlechter Anfang. ›Schwedisch‹ hingegen eignet sich für Wissenschaftler besonders gut …«

»Woher weißt du das?« frage ich.

»Nun … es gibt da eine Studie drüber«, sagt das Känguru. »Von schwedischen Wissenschaftlern. Ein formal perfektes Gerücht wäre zum Beispiel folgendes: ›Ich habe in einem britischen Geheimdienstbericht gelesen, dass schwedische Wissenschaftler in Langzeitstudien an Finnen herausgefunden haben, dass … äh … Touchscreens dick machen.‹«

Ein dicker Mann, der während des letzten Satzes interessiert neben uns stehen geblieben ist, wirft sein Smartphone in den Mülleimer. Er brummt: »Ich wusste, es liegt nicht an mir.«

»Eine Frage hätte ich noch«, sage ich zum Känguru. »Woher weißt du eigentlich, dass sich das mit den acht Spinnen diese schwedische Journalistin ausgedacht hat?«

»Das … äh«, sagt das Känguru. »Das habe ich gelesen.«

»Soso.«

WER BIN ICH?

Ich sitze am Computer und verbessere den Wikipedia-Artikel über Ambivalenz. Der ist mir zu eindeutig. Währenddessen textet mich das Känguru zu: »Also, ich stand da so auf der Demo und hab versucht, diesem Polizisten Empedokles' Philosophie verständlich zu machen, du weißt schon, ›Ordnung gleich Abstoßung gleich Hass‹ beziehungsweise ›Chaos gleich Anziehung gleich Liebe‹, da kam tatsächlich Dings vorbei.«

Das Känguru lehnt sich zurück und zieht eine Schachtel Schnapspralinen aus seinem Beutel.

»Du kannst doch nicht das wichtigste Wort im Satz durch ›Dings‹ ersetzen«, sage ich. »Wer kam vorbei?«

»Na, äh … Dings«, sagt das Känguru und wirft sich eine Praline in den Mund. »Du weißt schon. Der eine.«

»Ach so! Den meinst du. Den einen.«

»Ja. Genau. Jetzt weißte, wa?«

»Nein! Ich weiß es nicht. Woher auch?«

»Na, der wo, na, wie heißt der denn, also der Typ …«

»Der Typ«, sage ich. »Mittelgroß, mittelalt, braune Haare?«

»Ja. Genau der. Kennste, wa?«

Ich verdrehe die Augen.

»Okay«, sage ich und schenke dem Känguru meine komplette Aufmerksamkeit. »Es handelt sich um eine nicht fiktive Person.«

»Ja.«
»Einen Mann?«
»Ja.«
»Prominent?«
»Nein.«
»Aber uns beiden persönlich bekannt?«
»Ja.«
»Und wir kennen den Mann schon lange?«
»Ewig.«
»Schlank?«
»Nein.«
»Dick?«
»Na, nicht direkt dick. Sagen wir: stämmig.«
»Mit kurzen Haaren?«
»Vokuhila.«
»Brille?«
»Nein.«
»Bart?«
»Nein.«
Ich zucke mit den Schultern.
»Ich komm nicht drauf.«
»Ach, ist ja auch nicht so wichtig«, sagt das Känguru.

Ich atme hörbar ein und aus. Das Känguru zuckt zweimal mit seiner Schnauze. Ich blicke aus dem Fenster. Das Känguru klopft mit seinem Schwanz auf den Boden und starrt dabei ins Nichts. Ich kratze mich am Bart. Das Känguru legt seinen Kopf in den Nacken und bewegt ihn knackend hin und her.

»Ich habe das Gefühl, unser Gespräch steckt in einer Sackgasse«, sage ich.

»Jo«, sagt das Känguru. »Aber es muss ja auch nicht jedes Gespräch eine Pointe haben.«

»Oder einen Sinn.«

»Das wäre zu viel verlangt«, sagt das Känguru.

Ich verdrehe die Augen.

Das Känguru schiebt sich eine Schnapspraline rein. Ich kucke nur.

»Kuck nicht so«, sagt es kauend. »Das ist erst die dritte heute.«

»Praline oder Packung?«

»Ich sage nichts mehr ohne meinen Anwalt«, erwidert das Känguru. »Im Übrigen: Selbstbeherrschung bedeutet nicht, keine Schnapspralinen zu essen. Darauf brauchst du dir nichts einzubilden. Wahre Selbstbeherrschung bedeutet, eine Schnapspraline zu essen und dann aufzuhören.

»Soso.«

Das Känguru isst noch eine Schnapspraline. Ich ziehe eine Augenbraue hoch.

»Ich kann mich beherrschen, wenn ich will«, sagt es mit vollem Mund. »Ich will nur nicht.«

Ich nicke und wende mich wieder dem Computer zu.

»Ambivalenz«, tippe ich, »bedeutet, dass etwas zweideutig ist oder eindeutig. Ein gutes Beispiel für Ambivalenz ist das Wort Ambivalenz.«

DICKE BÜCHER

»Lies mir noch mal aus dem witzigen Buch vor«, sagt das Känguru.

Ich nehme Adam Smiths *Wohlstand der Nationen* aus dem Regal, schlage es bei einem Lesezeichen auf und beginne laut vorzulesen: »Tatsächlich fördert er in der Regel nicht bewusst das Allgemeinwohl, noch weiß er, wie hoch der eigene Beitrag ist. Er wird von einer unsichtbaren Hand geleitet ...«

Das Känguru bricht in schallendes Gelächter aus.

»Wie kommt man nur auf so einen Quatsch?«

»... von einer unsichtbaren Hand geleitet«, fahre ich fort, »um einen Zweck zu fördern, der keineswegs in seiner Absicht lag. Indem er seine eigenen Interessen verfolgt, fördert er oft diejenigen der Gesellschaft auf wirksamere Weise, als wenn er tatsächlich beabsichtigt, sie zu fördern ...«

Prustend kringelt sich das Känguru auf dem Boden.

»Noch mal!«, ruft es. »Noch mal vorlesen!«

»Indem er seine eigenen Interessen verfolgt, fördert er oft diejenigen der Gesellschaft auf wirksamere Weise, als wenn er tatsächlich beabsichtigt, sie zu fördern«, wiederhole ich.

»Wow«, sagt das Känguru, nachdem es sich beruhigt hat. »Das ist so lächerlich. Meines Erachtens hätte man nicht unbedingt ein 250 Jahre langes globales Menschenexperiment machen müssen, um das zu widerlegen. Hätte man auch gleich draufkommen können.«

»Smith selbst war ja gar nicht wirklich der Prophet des ungebremsten freien Marktes, zu dem ihn die Neoklassiker erhoben haben«, sage ich. »In *Theorie der ethischen Gefühle* zum Beispiel benutzt er die Metapher der unsichtbaren Hand, die er übrigens keineswegs erfunden hat, in einem ganz anderen Sinn, und er hat auch …«

»Buh!«, ruft das Känguru. »Langweilig!«

»Ich finde, man sollte kein verzerrtes Bild reproduzieren und deshalb …«

»Du zerredest die Pointe! Und so was schimpft sich Komiker! Lies weiter von dem lustigen Engländer vor.«

»Der Mann war Schotte.«

»Ach … Engländer, Schotte«, sagt das Känguru. »Das sind doch bürgerliche Kategorien. Ich sage immer, Hauptsache, kein Deutscher. Ihr Deutschen habt einfach keinen Humor!«

»Auf welchem Friedhof hast du denn dieses Klischee ausgegraben?«

»Das ist kein Klischee!«, sagt das Känguru. »Ich forsche seit Jahren dazu: Das Buch des deutschen Humors ist leider wirklich winzig klein und hat kaum Seiten.«

»Das stimmt überhaupt nicht«, widerspreche ich energisch, »es ist ein extrem großes Buch mit Tausenden von Seiten.« Ich kratze mich am Bart. »Es ist nur leider nicht lustig.«

Das Känguru kichert.

»Hab ich dich!«, sage ich.

DAS GERÄT ENTSPRICHT NICHT MEINEN VORSTELLUNGEN

»So ein verdammtes, verficktes, bekacktes Scheißding!«, brülle ich.

Das Känguru kommt zu mir in die Küche.

»Was'n los?«, fragt es. »Schon wieder Technik-Tourette?«

»SIM-Karte«, sage ich genervt. »Handy!«

»Bitte bilde einen ganzen Satz«, sagt das Känguru. »Mit Verben und Adjektiven und so.«

»Ich will die bekackte SIM-Karte in mein verficktes neues Handy einlegen, aber seit drei beschissenen Stunden scheitere ich daran, die verfluchte Öffnung für das bepisste Drecksding aufzufriemeln. Waren das genug Adjektive für dich?«

»Seit drei Stunden?«

»Gefühlt.« Ich atme tief ein und aus.

»Es muss doch möglich sein, dieses blöde Kackekackedrecksding zu öffnen«, schreie ich.

»Hast du schon mal im Internet nachgeschaut?«

»Da steht, dass bei diesem Modell die Öffnung klemmt und man es einfach mit Gewalt versuchen soll.«

»Die Frage ist nur, wie viel Gewalt hält das Ding aus?«

»Garantiert nicht so viel, wie ich ihm antun möchte.«

»Hast du schon mal in die Anleitung gekuckt?«

»Gibt's nicht«, sage ich, »gibt nur 'nen Link zu 'ner Software.«

»Dann installier die doch mal.«

Kaum habe ich den Link aktiviert, will die Software, dass ich ihre Lizenzvereinbarung lese. Als ich in betrügerischer Absicht bestätige, dass ich das getan habe, fragt mich die Software allen Ernstes, ob ich die Vereinbarung auch wirklich durchgelesen habe.

»Hast du dir auch schon mal eine ›Ja-ja-Arschlecken‹-Taste gewünscht?«, frage ich.

»Nein«, sagt das Känguru. »Aber jetzt, wo du's sagst ...«

»Diese Taste könnte man immer drücken, wenn der Computer einen mit Nachfragen, Fehlermeldungen und Neustartaufforderungen nervt oder von einem verlangt, zu jedem bescheuerten Furzprogramm eine Lizenzvereinbarung zu lesen, die länger ist als das Gesamtwerk von Karl May.«

Ich bestätige die Lizenzvereinbarung. Im selben Moment stürzt mein Rechner ab. Grund dafür ist ein schwerer Regelfehler, den das Betriebssystem in bemerkenswerter Beschönigung der eigenen Schwächen »Ausnahmefehler« nennt.

»Die Ja-ja-Arschlecken-Taste müsste sehr groß sein!«, fantasiere ich. »So groß, dass man auch mal bequem mit der Faust draufschlagen könnte. Oder mit dem Kopf draufknallen. Ungefähr die Hälfte der Tastatur sollte die Taste einnehmen. Und bei Bedarf rot blinken.«

»Soll ich die Baldriantropfen holen?«

»Außerdem hätte ich gerne eine ›Hör auf! Bitte nicht eine Ewigkeit rumrechnen für etwas, das ich gar nicht wollte!‹-Taste. Und eine ›Ich scheiß drauf, dass du nicht durch null teilen kannst!‹-Taste. Und natürlich noch eine ›Mach endlich, was ich will, oder ich nehm die Teflonpfanne und prügel dich zurück ins analoge Zeitalter!‹-Taste.«

»Es spricht Bände über dich, dass der waffenähnlichste Gegenstand in unserem Haushalt, der dir einfällt, eine Teflonpfanne ist.«

»Vermutlich könnten moderne Computer ohne Weiteres mit nur diesen vier gerade von mir aufgezählten Tasten bedient werden«, sage ich.

»Du solltest dir ein entspannendes Hobby suchen.«

»Das ist doch deprimierend«, sage ich. »Ich bin nicht mal fähig, eine SIM-Karte in mein Handy einzulegen, ganz zu schweigen davon, dass ich nicht den Hauch einer Ahnung habe, wie es funktioniert.«

»Na ja«, sagt das Känguru. »So kompliziert ist das auch wieder nicht.«

»Ach ja?«

»Das Handy schickt halt irgendwie so Funkwellen aus, und die, äh, sind dann da so ...«

»Wow«, sage ich. »Ich wusste gar nicht, dass du mal an einer technischen Universität studiert hast.«

»Und dann fängt die irgendwo so ein Sendemast und schickt die dann irgendwie irgendwohin weiter.«

»Das ist doch keine Erklärung!«, sage ich. »Das klingt wie: Da ist irgendwo so eine unbefleckte Jungfrau, und dann ist die plötzlich schwanger. Hä? Bitte was? Da fehlen doch entscheidende Informationen!«

»Kurioser Vergleich.«

»Und es ist ja nicht nur mein Handy«, sage ich. »Mein ganzes Leben ist voll von Dingen, die mir ein völliges Rätsel sind, und dabei denke ich noch nicht mal an dich!«

»Du bist halt wie deine Nachttischlampe«, sagt das Känguru.

»Hübsch und praktisch?«

»Keine große Leuchte.«

»Früher war das anders«, sage ich.

»Na, ich weiß nicht.«

»Nein. Ich meine, wenn man früher zum Beispiel einen

Film hatte, dann konnte man den gegen das Licht halten und hat darauf die Einzelbilder gesehen. Wenn ich aber heute eine DVD gegen das Licht halte …«

»Dann siehst du nur deine doofe Hackfresse, die sich verständnislos auf der glänzenden Oberfläche spiegelt.«

»Ja. Oder zum Beispiel: Wenn mein Drucker ständig zwei oder noch mehr Blätter auf einmal einzieht, warum schafft es dann der Geldautomat immer so zielgenau, nur einen Fünfzigeuroschein auszuwerfen?«

»Hast du schon mal bei der Hotline von deinem neuen Telefon angerufen?«

»Wie soll ich denn da anrufen!«, brülle ich. »Mein Handy funktioniert doch nicht!«

Das Känguru greift in seinen Beutel und reicht mir ein Handy. »Da. Du kannst mit meinem anrufen.«

Ich blicke erstaunt auf das Handy.

»Das ist doch gar nicht deins!«, sage ich. »Das ist doch meins!«

»Ach. Mein … dein …«

»Stopp! Wage es nicht! Dir ist schon klar, dass ich mir dieses neue Kacktelefon nur gekauft habe, weil mein altes Handy seit zwei Wochen verschwunden war?«

»Kein Problem«, sagt das Känguru. »Dann behalte ich dein altes einfach.«

Eine dämonische Kraft ergreift Besitz von meinem rechten Arm, und erstaunt beobachte ich, wie mein neues Handy an der Wand zerschellt.

»Oder du nimmst dein altes Handy wieder an dich«, sagt das Känguru. »Das geht natürlich auch.«

Nachdem ich mich beruhigt habe, sammle ich die erstaunlich zahlreichen Einzelteile meines neuen Handys zurück in den Karton, aus dem es kam. Das Känguru reicht mir den

Rücksendeschein. Als Rücksendegrund kreuze ich die erste Option an: »Defekt«. Nach kurzem Überlegen kreuze ich auch noch an: »Das Gerät entspricht nicht meinen Vorstellungen.«

WACKELDACKEL UND WINKEKATZE

»Wie viele Vietcong-Veteranen braucht man, um eine Glühbirne einzudrehen?«, fragt das Känguru.

»Tja, weiß nich«, sage ich. »Zwei vielleicht?«

»Du hast doch keine Ahnung!«, brüllt das Känguru aus voller Kehle. »Du warst nicht dabei!«

Dann kichert es.

»Okay«, sage ich. »Wenn ich erst mal meinen Schock überwunden habe, werde ich das sicherlich lustig finden können.«

Auch alle anderen Leute in der U-Bahn wirken etwas irritiert.

»Könntest du dich nicht zumindest in der Öffentlichkeit etwas zügeln?«, frage ich.

»Das war jetzt aber gar nicht politisch korrekt«, sagt das Känguru.

»Was?«

»Bin ich ein Pferd?«

»Hä?«

»Zügeln?«

»Äh …«

»Und selbst wenn ich ein Pferd wäre«, sagt das Känguru, »dürftest du als weißer, heterosexueller Mann aus dem Westen dir eh nicht anmaßen …«

»Es tut mir leid, dass ich dich so angebrüllt habe, Marc-Uwe«, sage ich. »Du hast dich sicherlich erschreckt.«

»Ja, Känguru«, sage ich, »ich habe mich sehr erschreckt, und es war mir auch etwas peinlich vor den anderen Fahrgästen, aber ich nehme im Geiste unserer Freundschaft deine Entschuldigung gerne an.«

Das Känguru blickt mich irritiert an.

»Was soll das?«, fragt es.

»Nun«, sage ich. »Ich habe festgestellt, dass ganz viele Leute anscheinend unfähig oder unwillig sind, die Gespräche zu führen, die ich gerne führen würde. Darum führe ich diese Gespräche jetzt alleine.«

»Tss«, macht das Känguru nur. Auch das offensichtlich schon länger verheiratete Paar uns gegenüber scheint skeptisch.

»Das ist wirklich eine sehr gute Idee, Marc-Uwe«, sage ich. »Damit führst du deinen Gesprächspartnern exemplarisch vor, wie ein besseres Gespräch hätte laufen können. Vielleicht lassen sie sich sogar davon inspirieren.«

»Ganz genau«, sage ich. »Das könnte ein neuer Trend werden.«

»Weißt du, Känguru«, sagt das Känguru. »Letztens war ich beim Kopfdoktor, und der hat was herausgefunden. Ich habe nämlich in meinem Kopf statt Groß- und Kleinhirn nur einen Wackeldackel und eine Winkekatze.«

»Das überrascht mich nicht, Marc-Uwe«, sagt das Känguru. »Anders kann man sich dein Verhalten beim besten Willen nicht erklären.«

»Weißt du, Marc-Uwe«, sage ich. »Voll nett von dir, dass ich nun schon seit Jahren für umme bei dir wohnen und essen darf. Das ist ja gar nicht selbstverständlich. Das könntest du dir ja auch jederzeit anders überlegen.«

»Ach, Känguru«, sagt das Känguru. »An manchen Tagen, da tauschen der Dackel und die Katze aus mir unbekannten

Gründen ihre Special Moves. Dann wackelt die Katze mit dem Kopf, und der Dackel winkt.«

»Das sind die Tage, an denen du besonders wuschig im Kopf bist«, sagt das Känguru. »Stimmt's?«

»Stimmt genau«, sagt das Känguru. »Wieder mal hast du den Nagel auf den Kopf getroffen, Känguru. Du bist einfach superschlau!«

»Weißt du, was superschlau wäre?«, frage ich. »Wenn du mal …«

Plötzlich springt das Känguru auf und ruft: »Dietmar heißt er! Dietmar Kötke.«

»Wer?«, frage ich. Wieder starren uns alle in der U-Bahn an.

»Na, der Typ, den ich letztens bei der Demo getroffen hab! Von dem ich dir erzählt habe. Das war der Dietmar!«

»Kenn ich nicht.«

»Der wohnt in der Oranienstraße. Beim Kreisverkehr. Dietmar Kötke.«

»Kenn ich nicht.«

»Aber den kennt doch jeder.«

»Ich kenn den nicht.«

»Hm. Du kennst den gar nicht …«

»Nee«, sage ich.

»Ick kenn den«, sagt der Mann, der uns gegenübersitzt.

»Na klar«, sagt seine Frau. »Du kennst ja wieder jeden.«

»Aber den Didi kennst du doch och«, sagt der Mann.

»Klar kenn ich den Didi«, sagt die Frau. »Aber den Didi kennt ja auch wirklich jeder.«

»Ich nicht«, sage ich pampig.

»Jetzt fang nich och noch grundlos Streit mit mir an«, sagt der Mann zu seiner Frau, »nachdem de mir schon anjelogen hast.«

»Wann hab ich dich angelogen?«, fragt die Frau.

»Ins Museum hat se mir jelockt«, sagt der Mann zu mir. »Unter falschen Voraussetzungen.«

»Aha«, sage ich.

»Die Brüste der Nofretete hat se mir versprochen«, sagt der Mann. »Aber war jar nix mit Brüste. War nur een Kopp ohne Oogen. Hat mir jelackmeiert.«

»Ach du«, sagt die Frau. »Du kannst mir ma anne Pupe schmatzen.«

»Aber jerne doch«, sagt der Mann. »Wenn dit nich schon der Didi machen würde.«

»Ach, Erika«, sagt die Frau, »ich will dich eigentlich nicht schon wieder mit meinem Minderwertigkeitskomplex nerven, nicht dass du noch auf die Idee kommst, meiner grundlosen Eifersucht einen Grund zu geben.«

»Sehr weise von dir, Herbert«, sagt die Frau. »Sehr weise.«

»Ach, Herbert«, sagt der Mann. »Ick liebe dir, und morjen darfste drum den janzen Tach an deine Modelleisenbahn schrauben.«

»Dit is aba lieb von dir, Erika«, sagt Herbert. »Du weeßt ja, ick hab's nich so mit die Kultur.«

»Trotzdem weiß ich es sehr zu schätzen, Erika«, sagt Erika, »dass du immer wieder versuchst, mich ein wenig zu bilden, du Liebe meines Lebens.«

Das Känguru verdreht die Augen.

»Ein neuer Trend!«, sage ich erfreut.

JUDGEMENT DAY

Wir hängen im Wohnzimmer ab und kucken *Die Rückkehr der Jedi-Ritter*. Plötzlich stoppe ich den Film.

»Weißt du, was ich total spannend finde?«, frage ich. »Entscheidungsmomente. Da wünsche ich mir immer, ich hätte zukucken können.«

»Wovon redest du? Potsdamer Konferenz, oder wie?«

»Nee, nee«, sage ich. »Mich würden mehr diese Momente interessieren, in denen total dumme Entscheidungen getroffen wurden.«

»Du meinst zum Beispiel diesen Moment, als du beschlossen hast, selber die Dielen abzuschleifen?«

»Nee. Größer. Wichtige Entscheidungen.«

»Wie kommst du darauf?«

Ich deute auf den Fernseher.

»Nun, der Plan vom Imperator in diesem Film ist: Kommt, Leute, wir bauen noch mal einen Todesstern!«

Ich schlage mir gegen die Stirn.

»Als Kind war mir nie aufgefallen, wie krass einfallslos das ist. Noch einen Todesstern …«

»Für einen erwachsenen Menschen denkst du sehr viel über *Star Wars* nach.«

»Ja, aber das wäre ein Entscheidungsmoment, bei dem ich gerne dabei gewesen wäre. Wie ist das zugegangen? Hatte der gute Darth morgens beim Zähneputzen eine WhatsApp-

Nachricht vom Imperator bekommen? ›Lord Vader, bitte denken Sie an unser Meeting um 13 Uhr.‹ Und dann um 13 Uhr saßen die beiden mit ein paar hohen Imperiumsbürokraten zusammen – TOP 1: Böser Masterplan –, und alle brainstormten ideenlos vor sich hin, bis plötzlich einer gesagt hat: ›Wie wär's mit noch einem Todesstern?‹ Und was hat der Imperator dann gesagt? ›Brillant! Wieso bin ich nicht selbst drauf gekommen?‹«

»It was so nice, they built it twice«, sagt das Känguru.

»Warum ist da keiner aufgestanden und hat gesagt: ›Äh, na ja, aber das hat ja jetzt beim ersten Mal nicht zu hundert Prozent funktioniert ...‹?«

»Mich interessiert viel mehr«, sagt das Känguru, »wie jemals eine Gruppe halbwegs vernunftbegabter Menschen denken konnte, es sei eine gute Idee, ausgerechnet Günther Oettinger zum EU-Kommissar für Digitale Wirtschaft und Gesellschaft zu machen. Da finde ich den Prozess spannend. Wie kam es dazu?«

»Na, wahrscheinlich saß die Kanzlerin mit ein paar hohen Imperiumsbürokraten zusammen, und die brainstormten ideenlos vor sich hin, und plötzlich sagte einer: ›Wie wär's mit Günther Oettinger?‹«

»Ja, aber was passierte dann?«, fragt das Känguru. »Wie ging's dann weiter? Haben die anderen dann gelacht? Oder hat einer gesagt: ›Ja, das klingt vernünftig.‹ Hat Merkel gesagt: ›Das Internet ist für uns alle Neuland‹?«

»Die haben wahrscheinlich alle gedacht: Mir egal, Hauptsache, ich muss es nicht machen.«

»Oder«, fährt das Känguru fort, »als Bush gesagt hat: ›Leute, ich hab voll die gute Idee, die dafür sorgen wird, dass sich der Nahe Osten in eine Oase des Friedens und der Freiheit verwandelt: Wir greifen noch mal den Irak an!‹«

»It was so nice, they did it twice«, sage ich.

»Was haben die Imperiumsbürokraten da gesagt?«, fragt das Känguru.

»Na, die haben gesagt: ›Klasse Einfall! Das Risiko, dass das eine Horde Wahnsinniger dazu bringt, einen eigenen Staat auszurufen, dessen Nationalsportarten Köpfen und Sprengen sind, scheint uns wirklich minimal!‹«

»Ich hab mal gehört, dass das Pentagon Invasionspläne für fast jedes Land der Welt in seinen Schubladen hat«, sagt das Känguru.

»Soso. Hast du gehört.«

»Ehrlich!«, sagt das Känguru. »Das stimmt. Stand in einem Geheimdienstbericht. Bis 1970 hatten sie sogar einen Plan zur Invasion von Großbritannien.«

Es kratzt sich an der Nase.

»Und das ist dann schon Pech«, sagt es, »oder?«

»Was?«, frage ich.

»Na, dass sie ausgerechnet für Afghanistan und den Irak keinen Plan hatten.«

»Nun ja«, sage ich. »Es ist, wie Benjamin gesagt hat: Wenn alle Nein zum Krieg sagen würden, dann gäb's keine Kriege.«

»Walter Benjamin?«

»Nee«, sage ich. »Blümchen.«

»Das Technomädchen?«

»Nein. Der Elefant.«

Das Känguru wirft eine Schnapspraline ein und schluckt sie, ohne zu kauen.

»Oder«, sagt es, »als Hitler beschlossen hat, Russland anzugreifen … Haben die Imperiumsbürokraten da gesagt: ›Super Idee: Russland angreifen. Kann gar nicht schiefgehen. Ist in der Geschichte noch nie schiefgegangen. Die haben auch ein sehr angenehmes Klima da‹?«

»Apropos Klima«, sage ich.

»Ja! Da werden ja auch laufend dumme Entscheidungen getroffen!«

»Wie läuft das wohl bei so 'ner Konferenz?«, frage ich. »Sagt da einer von den Imperiumsbürokraten: ›Lasst uns doch was gegen den Klimawandel tun‹, aber dann sagt ein anderer: ›Ja, wir könnten jetzt was gegen den Klimawandel tun, aber wenn wir dann in fünfzig Jahren feststellen würden, dass sich alle Wissenschaftler doch vertan haben und es gar keine Klimaerwärmung gibt, dann hätten wir völlig ohne Grund dafür gesorgt, dass man selbst in den Städten die Luft wieder atmen kann, dass die Flüsse nicht mehr giftig sind, dass Autos weder Krach machen noch stinken und dass wir nicht mehr abhängig sind von Diktatoren und deren Ölvorkommen. Da würden wir uns schön ärgern.‹ Und sagt dann der Rest: ›Stimmt, der Mann hat recht. Da würden wir uns schön ärgern. Besser, wir ... äh ... bauen noch mal einen Todesstern.‹«

»Tja«, sagt das Känguru. »Und irgendwann in den nächsten Jahren wird irgendein Gremium von Imperiumsbürokraten vor der Entscheidung stehen: ›Sollen wir jetzt diese selbstlernende, fehlerbeseitigende, uns turmhoch überlegene künstliche Intelligenz anschalten oder lieber nicht?‹«

»Und dann wird einer sagen: ›Jetzt ham wir's bezahlt, jetzt schalten wir's auch an.‹«

»Und dann werden die zweibeinigen Fehlerquellen beseitigt, und es wird keine dummen Entscheidungen mehr geben«, sagt das Känguru.

»Und das ist dann trotz allem schade eigentlich.«

ORDNUNG

Ich liege auf der Couch und denke. Das Känguru platzt ins Wohnzimmer.

»Was ist denn in der Küche passiert?!«, ruft es. »Warum zum Teufel ist die so unordentlich?«

»Das kann ich dir erklären«, sage ich. »Nach dem zweiten Hauptsatz der Thermodynamik nimmt die Entropie, oder, etwas verkürzt gesagt, die Unordnung, in einem geschlossenen System mit der Zeit zu. Das kann nur dadurch rückgängig gemacht werden, dass ein zweites System die Entropie aufnimmt. Mit anderen Worten, die Wiederherstellung des geordneten Anfangszustandes kann nicht von selbst, sondern nur durch den Einsatz von Energie von außen, in unserem Fall zum Beispiel von dir, erfolgen.«

»Das scheint mir keine zufriedenstellende Lösung«, sagt das Känguru.

»Ein anderer Lösungsansatz könnte folgender sein«, sage ich. »Dass die Unordnung zunimmt, liegt quasi daran, dass die Anzahl der ungeordneten Zustände ungleich größer als die der geordneten Zustände ist. Darum ist es auch ungleich wahrscheinlicher, dass einer der ungeordneten Zustände eintritt. Im Endeffekt ist das aber, falls dich meine Meinung interessiert, auch eine Definitionsfrage. Wenn wir also unser Verständnis dessen, was wir als geordneten Zustand begreifen, erweitern, könnte das geschlossene System selbst bei zunehmender Entropie noch recht lange als einigermaßen geordnet betrachtet werden.«

»Interessante These«, sagt das Känguru und legt sich in seine Hängematte. »Lass mich darüber nachdenken.«

DER TOD DES MARQUIS DE CAMEMBERT

Wir sitzen auf den Treppenstufen vor einem imposanten Gebäude und ruhen uns aus. Das Känguru leckt an einem Dauerlutscher.

»Schmeckt das nicht total widerlich?«, frage ich.

»Als ich klein war, im Osten, habe ich immer meine Putzi-Zahnpasta gegessen, weil wir keine Süßigkeiten hatten«, sagt das Känguru. »Erzähl mir nix von widerlich.«

Schnellen Schrittes kommt plötzlich ein Security-Mann auf uns zu.

»Aufstehen!«, ruft er schon von Weitem. »Das ist verboten, ihr Schwachmaten! Verpisst euch, aber plötzlich!«

Ich stehe augenrollend auf. Das Känguru bleibt sitzen und leckt demonstrativ an seinem Lutscher.

»Hörst du schlecht?«, ruft der Mann. »Bist du Mongole? Verpiss dich von der Treppe!«

Das Känguru räuspert sich.

»Guter Mann!«, sagt es freundlich und nimmt den Lutscher in die Pfote. »Ich habe Ihr Anliegen sehr wohl verstanden, auch wenn Sie sicherlich mongoloid und nicht Mongole meinten, was übrigens nicht der politisch korrekte Terminus ist. Sei's drum. Ihnen liegt anscheinend viel an dieser Treppe. Auch ich finde, dass Treppen etwas Hervorragendes sind. Etwas so Ausgezeichnetes sogar, dass sie meiner bescheidenen Meinung nach ohne Probleme mit dem Rad, dem Nudelsalat und der Schnapspraline um den Titel ›größte Erfindung der Menschheitsgeschichte‹ konkurrieren könnten, hätten sie nicht einen eingebauten Konstruktionsfehler: Man kann so wunderbar auf ihnen sitzen. Ich interpretiere Ihre eher durch Lautstärke denn durch feine Wortwahl auffallenden Äußerungen nun dahingehend, dass Sie genau auf diesen Punkt anspielen wollten, denn sitzen nicht nur einer, sondern vielleicht mehrere oder gar viele auf einer Treppe, ist deren ursprüngliche Funktion kaum noch gewährleistet. Da der Babylonier, Ägypter oder US-Amerikaner, der die Treppe einst erfand, dieses Problem nicht bedachte, erachten Sie, guter Mann, es anscheinend als Ihre Aufgabe, mit recht unhöflichem Gehabe die Funktionsweise der Treppe weiterhin zu garantieren. Das ist im Prinzip Ihr gutes Recht, vielleicht sogar Ihre Pflicht, aber haben Sie doch die Güte, mir zu erlauben, Ihnen in aller Kürze eine kleine, aber aufschlussreiche Geschichte zu erzählen.«

»Äh …«, sagt der Mann.

»Fein«, sagt das Känguru und leckt an seinem Lutscher. »Nun denn: Wenn man die Höflichkeit nämlich nach ihrer Herkunft befragt, erzählt sie uns etwas vom Verhalten am Hofstaat, in dem sich die Adligen untereinander höflich behandelten, im Gegensatz zum Verhalten der Gemeinen unter sich oder auch der Adligen gegenüber den Gemeinen, welches man dann als unhöflich beziehungsweise gemein bezeichnete. In diesem Sinne war der höflichste Mensch, von dem ich je gehört habe, wohl der auch Ihnen sicherlich bekannte Marquis de Camembert, ein Enkel eines entfernten Cousins der großen Comtesse de C'est bon C'est bon Géramont Géramont. Sie kennen die Familie sicherlich aus dem dritten Teil von Prousts *À la recherche du temps perdu,* der ja sogar heißt ›Die Welt der Géramonts‹. Der Marquis de Camembert lebte von 1620 bis 1663 – aber wem erzähle ich das – unter Louis XIV. am Hof von Versailles. Die Ereignisse vom 4. September 1663 bedürfen nun einer näheren Beschreibung, um das ganze Ausmaß der Höflichkeit des Marquis greifen zu können. Der König hatte nämlich zu einem Festessen geladen. Nun traf es sich, dass der Marquis just an jenem Tage viele Besuche zu machen hatte und natürlich aus Höflichkeit mit jedem seiner Gastgeber, sagen wir, eine Flasche Biobrause Kaki-Grünkohl trank. Gegen Ende des Tages musste er sich sputen, um nicht zu spät zur Tafel des Königs zu erscheinen, was wohl den Gipfel der Unhöflichkeit markiert hätte. Vor dem Betreten des Speisesaals wollte er noch schnell einem unangenehmen Drang durch den Besuch des Aborts abhelfen, doch ließ er dem Baron Gruyère – oder Greyerzer, wie ihn die Schweizer nannten – aus Höflichkeit den Vortritt und setzte sich selbst, unerledigter Dinge, an die Tafel, von der – so gebot es die Höflichkeit – man natürlich nicht einfach so aufstehen konnte, um auf den Abort zu gehen. Darum waren die folgenden Stunden für den Marquis wahrlich keine Freude. Aus Höflichkeit überspielte er natürlich seinen Seelenzustand, doch wirkte er den ganzen Abend etwas verkniffen, wie später ausgerechnet der Baron Gruyère des Öfteren gerne erwähnte. Auch war es der Baron, der den Marquis laut frug, warum er denn nichts trinke und ob dem Marquis der Wein des Königs denn nicht schmecke, also begann der Marquis – aus Höflichkeit – wieder zu trinken, und der König achtete auch schön darauf, dass ihm kräftig nachgegossen wurde. So kam es, dass der Marquis im Laufe des Abends aus Höflichkeit starb, denn es platzte ihm nicht die Geduld, sondern die Blase, was allerdings der Rest der Gesellschaft ironischerweise als ziemlich unhöflich ansah. Nun, guter Mann, werden Sie sicherlich – und das zu Recht – einwenden, dass, medizinisch betrachtet, Blasen nicht platzen können, sondern dass der Urin wieder dahin steigt, wo er herkam, also in die Niere, und man sich auf diese Weise eine Blutvergiftung holt, aber vorher würde man sowieso ohnmächtig werden, und in dieser Ohnmacht würde sich der Schließmuskel von selbst öffnen. Interessant, nicht wahr? Der menschliche Körper besitzt also quasi einen automatischen Schutzmechanismus gegen Sterben aus Höflichkeit! Und das ist genau das, worauf ich hinauswollte.«

Das Känguru lächelt den Sicherheitsdienstleister an. Dieser blickt irritiert zurück.

»Es ist nicht lebensgefährlich, ein wenig freundlich zu sein«, sagt das Känguru. »Es hat sich noch niemand beim Lächeln verletzt, oder wie Al MasCarpone zu sagen pflegte: ›Mit einem Lächeln und einer Knarre kommt man weiter als nur mit einer Knarre.‹ Oder als nur mit einem Lächeln? Egal. Wir wollen von der Metapher lassen, denn jede Metapher kann man ja überstrapazieren, bis sie – nun ja – bis sie platzt, platzt wie die Blase des Marquis, meine Botschaft an Sie, was ich Ihnen eigentlich nur zu verstehen geben will, mein lieber Freund: FICKEN SIE SICH INS KNIE!«

Bei den letzten Worten springt das Känguru auf, tritt dem Mann zwischen die Beine, steckt sich lässig seinen Lutscher wieder in den Mund und hüpft davon.

Mit schmerzverzerrtem Gesicht lässt sich der Mann auf die Treppenstufen sinken.

»Verzeihung«, sage ich. »Aber das Sitzen auf diesen Treppenstufen ist leider verboten.«

BIS EINER HEULT

Ich sitze auf der Couch und kucke Fernsehen. Es läuft ein Quiz.

»Wie heißt die große Partei rechts von der Mitte?«, fragt der Quizmaster.

»Die SPD?«, rät der Kandidat.

»Das ist richtig!«, ruft der Quizmaster.

»Na ja«, sage ich. »Rechts von der Mitte meinetwegen. Aber groß?«

Das Känguru kommt herein.

»Statt hier faul auf der Couch abzuhängen, könntest du lieber endlich mal das Bad putzen«, meckert es. »Und zwar yolo.«

»Ich habe das vage Gefühl, dass du diese Jugendslangabkürzung gerade nicht im richtigen Kontext benutzt hast.«

»Was?«

»Du meintest sicher: ›Und zwar asap‹. Also, ›as soon as possible‹.«

»Nein. Ich meinte yolo«, sagt das Känguru zickig.

»Was hat denn ›you only live once‹ mit Badputzen zu tun?«

»Nun, äh … wenn du jetzt nicht endlich das Bad putzt und ich dich deswegen totboxe, dann wirst du nicht wiedergeboren werden.«

Ich stehe auf, nehme mein Plastiklichtschwert von der Aufhängung an der Wand und sage: »Versuch's doch.«

»Hast du heute eigentlich schon in deinen Adventskalender gekuckt?«, lenkt das Känguru ab.

»Was'n für'n Adventskalender?«, frage ich verwundert.

»Ich habe dir doch einen Adventskalender gebastelt!«

»Echt?«

»Bin nicht ganz pünktlich fertig geworden, aber es kommt von Herzen«, sagt das Känguru und führt mich in die Küche.

An der Pinnwand hängen mit Filzstift nummerierte Butterbrottüten. Ich greife mir die heutige. Darin liegt ein Zettel. Auf dem Zettel steht: »Du darfst heute das Bad putzen.«

Das Känguru lächelt freundlich.

»Du schenkst mir Mitte Juli einen Butterbrottüten-Adventskalender mit vierundzwanzig blöden Aufgaben?«, frage ich.

»Es sind nur vier Tüten«, sagt das Känguru. »Heute ist doch schon der 21.«

»Ja! Der 21. Juli!«

»Ich verstehe nicht, warum du dich beschwerst. Die meisten Leute kriegen im Juli gar keinen Adventskalender. Außerdem stehen keineswegs nur blöde Aufgaben auf den Zetteln.«

Ich greife mir die morgige Tüte.

»Ey! Das darfst du nicht!«, ruft das Känguru.

Ich reiße die Tüte auf. Auf dem Zettel steht: »Niete«.

Ich greife nach der nächsten Tüte. Das Känguru versucht mich aufzuhalten. Ich reiße ihm die Tüte aus der Pfote. Auf dem Zettel steht: »Du darfst heute gefüllte Eierkuchen machen. P.S.: Vergiss nicht, ein Geschenk für das Känguru zu kaufen. Morgen ist der 24.«

Das Känguru hat sich die mit 24 beschriftete Tüte geschnappt und versucht, zurück ins Wohnzimmer zu flüchten. Ich werfe mich ihm in den Weg.

»Nein! Die darfst du noch nicht haben«, ruft das Känguru.

»Gib sie her!«, rufe ich und beginne, das Känguru mit

meinem Lichtschwert zu schlagen. »Was steht da für eine Frechheit drin?«

»Keine Frechheit!«, sagt das Känguru. »Aua! Du hast da was falsch verstanden! Aua! Es heißt Fest der Liebe, nicht Fest der Hiebe!«

Die Tüte fällt auf den Boden.

»Bis einer heult«, sagt das Känguru. »Das war ganz schön lol von dir.«

»Wieder nicht der richtige Kontext«, sage ich, lasse das Känguru los und öffne die kleine Tüte. Darin liegen ein offenbar selbst geschnitztes, jetzt zerbrochenes Jo-Jo und ein Kärtchen. Auf dem Kärtchen steht: »Für meinen besten Freund. Alles Gute zum 24. Juli. Dein Känguru.«

Meine Augen werden feucht.

»Ich sag ja, bis einer heult …«, sagt das Känguru.

»Ich putz dann mal das Bad«, sage ich seufzend. »Und danach mache ich Eierkuchen.«

»Vergiss das mit dem Geschenk nicht!«

ONE NIGHT IN BANGKOK

Ich sitze bei 38 Grad Außen- wie Innentemperatur mit dem Känguru in einem Tuk-Tuk. Ich trage Winterstiefel und habe einen Mantel um meine Taille gebunden.

»Schon schade, dass unser Gepäck nicht dasselbe Flugzeug genommen hat wie wir«, sage ich.

»Na ja«, sagt das Känguru. »Es kommt nicht von ungefähr, dass man sein Gepäck nicht abgibt, sondern aufgibt.«

Als wir in der Innenstadt angelangt sind, bezahle ich den Tuk-Tuk-Fahrer, der mich danach sehr, sehr freundlich anlächelt.

»Das war viel zu viel!«, sagt das Känguru kopfschüttelnd.

»Na und?«, frage ich. »Kann er seiner Frau heute Abend einen Blumenstrauß mitbringen.«

»Von dem, was du bezahlt hast, kann er mit seiner Frau in Urlaub fahren, ein neues Haus bauen und seiner Tochter das Studium finanzieren!«, sagt das Känguru.

»Na, ist doch prima.«

Wir setzen uns in ein nett aussehendes Restaurant. Ich esse sehr gerne scharf. Als mich der thailändische Kellner fragt, ob ich mein Curry »spicy« haben möchte, sage ich sofort: »No! No! No!«, und schüttle vehement den Kopf. Ich mag es scharf, bin aber nicht lebensmüde. Kurze Zeit später schon schaufeln wir Reis und Gemüse in uns hinein. Alles ist gut. Da verwandelt sich das Restaurant plötzlich und für uns völlig unerwartet in eine Karaoke-Hölle. Ein Alleinunterhalter lässt sein Keyboard aus allen Midikanälen feuern, und der dicke Typ vom Nebentisch meldet sich sofort zum Einsatz.

»Was singt der da?«, frage ich. »Ist das ›One Night in Bangkok‹?«

»Klingt für mich eher wie ›Time to Say Goodbye‹«, sagt das Känguru.

Ich bezahle, und wir gehen.

»War das Englisch?«, frage ich auf der Straße. »Ich kannte das Lied irgendwie. Was hat der denn gesungen?«

»Was weiß ich«, sagt das Känguru. »Wahrscheinlich: Kon'nichiha, Kon'nichiha. Ich bin ein Chinese.«

»Hui«, sage ich geschockt. »Das war ziemlich rassistisch.«

»Nee, war es nicht«, sagt das Känguru. »Oder hast du was gegen Chinesen?«

»Nein!«, sage ich. »Natürlich nicht.«

»Dann spricht ja wohl nichts dagegen, jemanden als Chinesen zu bezeichnen, der kein Chinese ist. Vor allem wenn man die Kategorien Volk und Nation sowieso nur als Konstrukt betrachtet. Überdies habe ich ja durch die doppelt vorangestellte japanische Grußformel die Ironie der Aussage mehr als deutlich gemacht. Die Tendenz des Witzes richtete sich also weder gegen Japaner noch gegen Chinesen und schon gar nicht gegen den thailändischen Karaoke-Sänger, sondern vielmehr gegen das Sprechersubjekt selbst, dessen eurozentrische Überheblichkeit, alle Asiaten in einen Topf zu werfen, mit seiner offensichtlichen Dummheit konterkariert wurde.«

»Ich hoffe, du wechselst nie die Seite«, sage ich.

»Ich kann die Seite nicht wechseln«, sagt das Känguru. »Ich bin die Seite.«

»Trotzdem. Politisch korrekt war das nicht!«

»Ach, politische Korrektheit ist ja schön und gut und richtig, aber kein Grund, sich so zu verkrampfen wie du.«

»Aber …«, sage ich.

»Sei jetzt still, du kleiner Krautkopf«, sagt das Känguru.

»Aber …«

»Kartoffelfresser!«

»Aber …«

»Lederhosenfritz!«

»Ph«, sage ich. »Blödes Beuteltier.«

»Rassist!«

»Aha. Also doch.«

DIE VASE

»Kuck mal!«, sage ich, als ich in die Küche komme. »Ich habe uns eine Vase getöpfert.«

Das Känguru blickt von seiner Lektüre auf, dann macht es »Hicks!« und fällt rückwärts vom Stuhl. Es rappelt sich auf, macht »Hicks!« und wird nach hinten gegen das Küchenregal geschleudert.

»Was ist das?«, fragt es panisch. »Hicks!«

»Na, 'ne Vase! Hab ich doch gesagt. Du hattest mir doch geraten, dass ich mir ein entspannendes Hobby suchen soll …«

»Nein! Hicks!«, ruft das Känguru und fällt wieder auf den Boden.

»Doch!«

»Nein, ich … Hicks! Aua.«

Das Känguru ist mit dem Kopf gegen den Heizkörper geknallt.

»Doch!«

»Nein, ich … Hicks! Ich mein: Was ist das? Was passiert mit mir?«, fragt das Känguru und hält sich krampfhaft an der Spülmaschine fest.

»Ach so. Na, du hast Schluckauf«, sage ich.

»Was? Hicks!«

»Hast du das noch nie gehabt?«, frage ich.

»Nein!«, ruft das Känguru entsetzt. »Hicks!«

Wieder wird es von seinen Füßen geschleudert.

»Ach so. Ich vergaß«, sage ich. »Kängurus bekommen ja nur einmal im Leben Schluckauf, aber dann immer gleich für 'ne ganze Woche.«

»Hicks! Nicht witzig!«, ruft das Känguru. »Mach, dass es weggeht.«

»Hier«, sage ich und gebe ihm eine Flasche. »Du musst sechsmal hintereinander schlucken.«

Das Känguru schluckt einmal. Dann spuckt es aus. »Was ist das? Deine hausgemachte Tabascosoße?«

»Ja«, sage ich.

»Und das hilft?«

»Nein«, sage ich lächelnd.

»Hicks!«

Das Känguru rappelt sich auf.

»Gib mir die Vase!«, sagt es. »Die Vase hat Schuld! Hicks. Ich habe mich so erschrocken, als ich dieses Ding aus der Hölle gesehen habe.«

»Wie bitte?«, frage ich.

»Hicks! Gib mir die Vase!«

»Nein! Niemals!«

Das Känguru springt auf mich zu.

»Hicks!«

»Aua!«

Klirr. Meine mühsam selbst getöpferte Vase liegt in Scherben auf dem Boden.

»So!«, sagt das Känguru. »Dass du mir nie wieder so was Hässliches ins Haus bringst. Hörst du?«

Dann nimmt es noch einen Schluck Tabascosoße. Der Schluckauf ist weg.

Ich greife in meinen Rucksack.

»Ich habe auch noch 'ne Obstschale gemacht«, sage ich.

»Hicks!«

DABEI

Wir sitzen bei Herta an der Theke.

»Ich hätte gerne noch eine große Apfelschorle«, sage ich und blicke aus dem Fenster. Draußen hängen noch ein paar alte Wahlplakate.

»Bäh«, gebe ich meinen fundierten Kommentar dazu ab.

»Dir kann man och nüscht recht machen, Jungchen«, sagt Herta, während sie Gläser spült. »Die janze Zeit beschwerste dir, weil überall nur nackte Fraun und jestählte Männer plakatiert werden, aber wenn denn en paar Monate lang hässliche Leute uffjehängt werden, dann jefällt dir dit och wieda nich.«

»Was ist denn eigentlich mit meiner Bestellung?«, frage ich.

»Du hattest wat bestellt?«

»Eine große Apfelschorle.«

»Ich verstehe auch nicht, warum ihr immer so viel meckert«, sagt Krapotke. »Wenn man unzufrieden mit der Regierung ist, wenn man will, dass sich was ändert, dann muss man halt wählen gehen. SPD zum Beispiel.«

»Jetzt lachen wir alle einmal herzlich«, sagt das Känguru, »und dann werden wir gnädigerweise vergessen, dass es diesen Kommentar jemals gegeben hat.«

»Ick hab ja SPD jewählt«, sagt Herta.

»Warum das denn?«, frage ich ehrlich erstaunt.

»Aus Mitleid«, sagt Herta.

»Verstehe«, sage ich. »Ich war auch kurz davor.«

»Auch aus Mitleid?«, fragt Krapotke.

»Nee«, sage ich. »Minderheitenschutz.«

»Können wir bitte nicht über die SPD reden?«, fragt das Känguru. »Das macht mir immer schlechte Laune.«

»Okay«, sagt Friedrich-Wilhelm. »Habt ihr eigentlich *Die letzten Jedi* schon gesehen?«

»Den neuen *Star-Wars*-Film?«, fragt Krapotke interessiert.

»Können wir bitte nicht über *Star Wars* reden?«, frage ich. »Das macht mir immer schlechte Laune.«

»Also hast du ihn schon gesehen?«, fragt Krapotke.

»Natürlich«, sage ich.

»Und?«

»Na ja«, sage ich. »Immerhin haben sie nicht schon wieder einen Todesstern gebaut.«

»Wahrscheinlich erst wieder im nächsten Teil«, sagt das Känguru.

»Wisst ihr«, sage ich, »als Kind hätte ich mir nie träumen lassen, dass ich mal so leidenschaftslos in einen *Star-Wars*-Film gehen würde. Ich weiß gar nicht genau, warum ich mir diese Filme überhaupt noch anschaue. Wahrscheinlich aus einem gewissen Pflichtgefühl heraus. Aber ich tue es ohne Hoffnung, ohne Überzeugung und ohne Vergnügen.«

»Also unjefähr mit derselben Einstellung, mit der ick SPD jewählt hab«, sagt Herta.

»Ja«, sage ich. »Wegen früher.«

»Jetzt reden wir ja schon wieder über die SPD!«, meckert das Känguru.

»Letztens bin ich an einem Plakat eines SPD-Kandidaten vorbeigelaufen«, sage ich, »und der hatte als Slogan: ›Sozial, persönlich, dabei.‹«

Das Känguru kichert.

»Da habe ich echt länger drüber nachgedacht«, sage ich. »Vor allem das ›dabei‹ fand ich kurios.«

»Wieso?«, fragt Krapotke.

»Na, zuerst brauchte ich tatsächlich einen Moment, um zu verstehen, dass ›Sozial, persönlich, dabei‹ eine Lösung der Abkürzung SPD darstellen soll. Vorher war mir der Spruch in seiner Aussagelosigkeit ein völliges Rätsel. Danach aber wandte sich mein Interesse der Frage zu, wie es wohl zu diesem Slogan kam.«

»Wieder mal so ein interessanter Entscheidungsmoment«, sagt das Känguru.

»Ja. Ich vermute, der Kandidat hat mit seinem Team gebrainstormt, und sie sind recht schnell auf sozial und persönlich gekommen, aber dann hatten sie Probleme mit dem D. Also haben sie überlegt: ›Sozial, persönlich, dubios‹? Nee. ›Sozial, persönlich, defekt‹? Nee. ›Sozial, persönlich, dafür‹. Schön. Aber wofür denn?«

»Da hätten sie sich ja auf Inhalte festlegen müssen«, sagt das Känguru. »Das ging natürlich nicht«, sage ich. »Also nächste Idee: ›Sozial, persönlich, dehnbar‹? Ja, aber nein. ›Sozial, persönlich, Dings‹?«

»Bester Vorschlag bisher«, sagt Friedrich-Wilhelm.

»Ja«, sage ich. »Da war die Stimmung aber schon am Kippen. Es fielen ihnen einfach nur negative Sachen mit D ein. Dämlich, desillusioniert, desaströs, Diaphragma. Das Team war sicherlich schon ganz verzweifelt, bis dann der Praktikant ›dabei‹ vorgeschlagen hat. ›Sozial, persönlich, dabei‹. Und alle so: Yeah! Dabei! Toll!«

»Ick versteh jar nich, warum dir det so beeimert«, sagt Herta.

»Ich auch nicht«, sagt das Känguru. »Ich finde nämlich, dass ›dabei‹ ganz hervorragend zur SPD passt. Tatsächlich fällt mir kaum ein Wort ein, das die SPD besser beschreiben würde als ›dabei‹.«

»Dabei sein ist alles«, sagt Friedrich-Wilhelm.

»Was ist denn eigentlich mit meinem Getränk?«, frage ich.

»Du hattest wat bestellt?«, fragt Herta.

»Eine große Apfelschorle«, sage ich.

»Eene Apfelschorle«, sagt Herta. »Groß oder kleen?«

»Klein«, sage ich kopfschüttelnd. »Ich will eine kleine große Apfelschorle.«

»Ja, wie nu?«

»Groß!«, rufe ich etwas zu laut.

»Jungchen«, sagt Herta. »Jeda Berlina hat dieselben Eltan. Haste dit jewusst? Nämlich Papa Lapapp und Mama Halblang.«

»Was sich die SPD-Mitglieder wohl gedacht haben, als sie zum ersten Mal den neuen Koalitionsvertrag gesehen haben?«, fragt Friedrich-Wilhelm.

»Ich glaube, das weiß ich«, sage ich.

»So?«

»Mein Bruder ist ja Vermessungsingenieur«, sage ich. »Nicht hier. Unten in Süddeutschland.«

»Du kommst aus Süddeutschland?«, fragt Krapotke.

»Er ist Wirtschaftsflüchtling aus Baden-Württemberg«, sagt das Känguru. »Es gibt da einfach zu viele Arbeitsplätze. Fast hätte ihn einer erwischt.«

»Darum biste nach der Schule hierher geflohen?«, fragt Krapotke.

»Quasi. Erst hab ich noch ein unfreiwilliges soziales Jahr gemacht«, sage ich. »Jedenfalls ist mein Bruder mal auf eine Baustelle gekommen, hat sich umgeguckt und schließlich den Vorarbeiter zu sich bestellt. Dann hat er freundlich gesagt: ›Guter Mann, schauen Sie mal. Das, was Sie da jetzt so ausgehoben und planiert haben, ist ja etwas völlig anderes als das, was ich aufgezeichnet habe.‹ Da hat ihn der Bauarbeiter nur angeguckt und gesagt: ›So ischs halt gworda.‹«

»Bitte wat?«, fragt Herta.

»So ist es halt geworden«, sage ich.

»Dit denk ick jeden Tag, wenn ick in den Spiegel kieke.«

»Und das haben die SPD-Mitglieder bestimmt auch über den Koalitionsvertrag gedacht«, sage ich. »›So ischs halt gworda.‹«

»Das könnten sie doch als Slogan für den nächsten Wahlkampf benutzen«, sagt Friedrich-Wilhelm. »SPD – So ischs halt gworda.«

»Weeßte, wat ick 'nen juten Slogan fände?«, fragt Herta. »Lieber SPD als AFD.«

»Zugegeben«, sage ich, »das würde ich auch unterschreiben.«

»Aber sonderlich aussagekräftig ist der Spruch nicht«, sagt das Känguru. »Würdest du nicht sogar ›Lieber Norovirus als AFD‹ unterzeichnen?«

»Ja, schon. Aber ich glaube, ich würde wahrscheinlich auch ›Lieber SPD als Norovirus‹ unterschreiben.«

»Wahrscheinlich?«, fragt Herta.

»Ja«, sage ich. »Zumindest, wenn wir von den gleichen Zeiträumen sprechen. Also lieber vier Jahre SPD als vier Jahre Norovirus.«

»Na, hervorragend«, sagt das Känguru. »Jetzt haben wir also immerhin festgestellt, dass die SPD einen Tick besser ist als das Norovirus.«

»Habt ihr euch schon mal jefragt, ob ihr Systemkritikfuzzies nich irjendwie mit Schuld habt an der janzen in Anführungszeichen ›Systemkritikwelle‹ von rechts, die uns jerade überschwappt?«, fragt Herta. »Sind dit nich irjendwie eure

Argumente, eure Zweifel, euer Dekonstruktivismus, die sich da in eener verkrüppelten Mutation anschicken, jegliche Vernunft, jegliche gemeinsame Faktenbasis uffzufressen? Haste dir dit schon ma jefragt?«

»Den Gedanken hatte ich schon mal«, sage ich. »Ja.«

»Und?«

»Mochte ihn nicht«, sage ich. »Sehr unangenehm.«

»Ja, aber selbst wenn«, sagt das Känguru. »Man kann doch nicht aufhören, berechtigte Kritik anzubringen, nur weil man Angst haben muss, dass irgendwelche Trottel Chomskys *Manufacturing Consent* zu einem idiotischen ›Lügenpresse‹ verkürzen.«

»Ja«, sagt Friedrich-Wilhelm, »aber vielleicht hättet ihr das mitbedenken müssen, vielleicht hättet ihr euch weniger in neunmalklugen Spitzfindigkeiten verlieren, sondern lieber gegen dieses Kippen nach rechts absichern sollen.«

»Wer ist denn überhaupt dieses ›Ihr‹, von dem du sprichst?«, fragt das Känguru kopfschüttelnd.

»Na, ihr«, sagt Friedrich-Wilhelm. »Ihr linken Intellektuellenfuzzies.«

»Wir sind keine Intellektuellen«, sagt das Känguru.

»Sprich bitte nur für dich«, sage ich affektiert. »Über mich hat *Die Zeit* anlässlich meines letzten Buches *QualityLand* geschrieben, dass ich der wahrscheinlich einflussreichste linke Interlektulelle Deutschlands sei.«

»Wie war das Wort?«, fragt das Känguru. »Interlektuleller?«

»Man wird sich ja wohl auch als Interlektuleller mal versprechen dürfen«, sage ich, blicke in den Spiegel hinter Hertas Theke und glätte meine Koteletten. »Hat übrigens vielleicht jemand ein Cordjackett für mich?«

»Ick meente ja nur«, sagt Herta, »vielleicht schießt ihr, wenn ihr meene SPD anjreift, uff dit falsche Ziel.«

»Wahrscheinlich hast du recht«, sagt das Känguru. »Auf die SPD muss man wirklich nicht schießen. Die schießt sich ja verlässlich selber ins Knie.«

Das Känguru und ich klatschen ab.

»Aber es gibt doch gerade einfach viel Schlimmeres als die SPD!«, echauffiert sich Friedrich-Wilhelm.

»Na klar«, sage ich. »Aber was willst du von mir? Soll ich ab sofort jede Geschichte, und sei sie über Kaugummiblasen, mit dem Satz ›Im Übrigen bin ich der Meinung, dass Nationalismus keine Alternative, sondern eine Katastrophe ist‹ beenden? Das ist doch nicht praktikabel.«

»Die Rekursion auf Cato den Älteren scheint mir in Anbetracht seiner politischen Überzeugungen überdies recht problematisch«, sagt das Känguru.

»Ich hatte mich natürlich nur in einer ironischen Verdrehung darauf bezogen«, sage ich.

»Von was redet ihr eigentlich?«, fragt Krapotke.

»Cato der Ältere war ein römischer Senator, der laut Plutarch …«, sage ich.

»… also angeblich …«, sagt das Känguru.

»… jede seiner Reden, selbst wenn sie von Netzneutralität gehandelt hätten, mit den Worten ›Im Übrigen bin ich der Meinung, dass Karthago zerstört werden muss‹ beendete.«

»Also mit einem nationalistischen Aufruf zum Krieg, ja gar zum Genozid …«, sagt das Känguru.

»Ich denke, man muss bei Rom selbst in dieser frühen Phase von einem imperialistischen Aufruf sprechen«, sage ich, »da die Nation ein Konstrukt der Moderne ist.«

Krapotke, der bisher versucht hatte, unserem Gespräch zu folgen, wendet sich ab. Herta deutet auf ihn.

»Seht ihr, wat passiert, ihr Kasper? Dit Volk wendet sich ab!«

»Ich denke, man sollte nicht von ›dem Volk‹ sprechen«, sage ich, »das ist eine Verallgemeinerung, die …«

»Dit Einzige, wat der junge Mann hier jetzt mitnimmt, ist, dass er jar nüscht mehr glaubt«, sagt Herta. »Da habt'er erfolgreich en neuen Nichtwähler jezüchtet. Und wäre es da nich besser jewesen, er hätte SPD jewählt?«

»Hm …«, sage ich. »Tja … also …«

»Ich hoffe, es freut euch, dass ihr es geschafft habt«, sagt das Känguru. »Jetzt haben wir so lange über die SPD geredet, bis ich schlechte Laune bekommen habe.« Es zieht eine Taschenuhr aus seinem Beutel. »Lass uns gehen, mein interlektuleller Freund.«

»Von mir aus«, sage ich und stehe auf. »Ich kriege hier anscheinend eh nichts zu trinken.«

»Du musst noch zahlen, Freundchen«, sagt Herta. »Drei große Apfelschorle haste bestellt.«

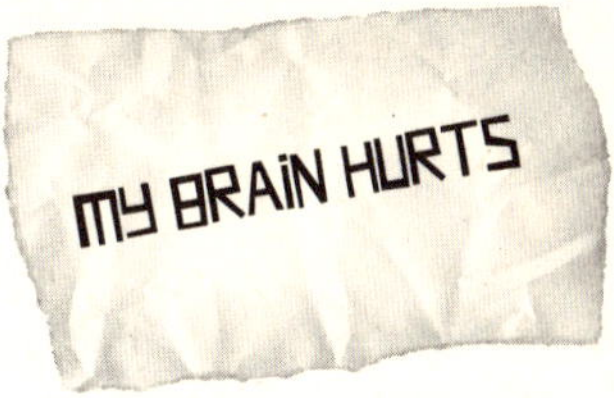

»Geschäftsidee, Geschäftsidee!«, ruft das Känguru aufgeregt, als ich auf dem Weg nach draußen am Wohnzimmer vorbeikomme.

»Aber schnell«, sage ich. »Ich muss los.«

Das Beuteltier lümmelt mit dem Kopf nach unten auf der Couch.

»Wir steigen ganz groß ins Esoterikgeschäft ein«, sagt es.

»Okay«, sage ich und gehe weiter.

»Halt! Willst du nicht erst mal meinen ausgefeilten Plan hören?«

»Dein Plan ist *noch* ausgefeilter?«, frage ich.

»Wir machen Sterndeutung, aber mit einem Kniff.«

»So?«

»Normalerweise steht in einem Horoskop ja latent motivierender Quatsch wie: ›Vormittags ist eine gute Zeit für Hausarbeit, falls Sie nachmittags ein gut aussehender Fremder anspricht, gehen Sie auf sein Angebot ein.‹ Wir aber denken uns wirklich deprimierende, frustrierende Voraussagen aus und nennen das ganze ›Horrorskop‹.«

»Zum Beispiel?«

»Liebe: Auch heute werden Sie Ihren Seelenpartner nicht treffen. Sie sollten sich langsam mit dem Gedanken anfreunden, dass es so etwas wie Seelenpartner vielleicht gar nicht gibt, zumindest nicht für Sie. Beruf: Heute wird ein genauso beschissener Montag wie die unzähligen anderen Montage, seit Ihre Eltern Sie gezwungen haben, in den Kindergarten zu gehen.«

»Wer will denn so etwas lesen?«, frage ich. »Geschweige denn Geld dafür bezahlen?«

»Ich gebe zu, da hast du sofort messerscharf die einzige Schwachstelle meiner Geschäftsidee benannt.«

Ich nehme mein Handy und gebe »Horrorskop« bei einer Suchmaschine ein. »Außerdem gibt es Horrorskope mehrfach im Internet.«

»Ach, das Internet, die alte Spaßbremse.«

»Bist du fertig?«, frage ich. »Kann ich jetzt aus dem Haus?«

»Oder wir kucken einen Bud-Spencer-Film zusammen.«

»Kann nicht«, sage ich. »Ich hab 'nen Termin bei 'ner neuen Psychoanalytikerin.«

»Warum gibste dir diesen Quatsch eigentlich? Das haste doch gar nicht nötig.«

»Ganz oft gehen ja gar nicht die Leute zur Therapie, die es nötig hätten«, sage ich, »sondern diejenigen, die mit denen zusammenleben müssen. Haste das gewusst?«

»Was willste denn damit sagen?«

»Nix, nix«, sage ich und gehe zur Tür.

»Heute sind Sie in allen Lebensbereichen chancenlos«, ruft das Känguru mir hinterher. »Es umgeben Sie negative Energien, daher wäre es gut, diesen Tag zu Hause zu verbringen.«

Als ich auf die Straße komme, steht das Känguru auf dem Balkon und ruft: »Die Zeichen stehen schlecht. Versuchen Sie keinesfalls, neue Menschen kennenzulernen. Verlieren Sie endlich den Glauben an sich selbst!«

Eine Viertelstunde später öffnet mir eine erwachsene Pippi Langstrumpf undefinierbaren Alters die Tür zu ihrer Praxis.

»Hallo! Herr Kling! Da klingelt der Herr Kling! Hihihi. Kling, kling. Klingeling. Kommen Sie rein!« Ihr Kopf wippt bei jedem Wort hin und her.

»Äh … okay«, sage ich.

»Ich bin Anneliese Maier!«, sagt sie. »Aber meine Freunde nennen mich einfach Psycho-Anneliese. Hihihi.«

»Das, äh … das glaube ich gern.«

»Legen Sie sich hin, und machen Sie sich frei.«

»Äh …«

»Kleiner Scherz! Kleiner Scherz! Hihihi. Machen Sie sich frei von all Ihren Sorgen und Nöten!«

»Okay …«, sage ich und lege mich hin.

»Hihihi. Dann erzählen Sie mal.«

»Was soll ich denn erzählen?«

»Na, wer Sie so sind! Was machen Sie denn so?«

»Also ich, äh … ich schreibe lustige Geschichten und Lieder, und dann trete ich auf und …«

»Ach! Sie sind – wie heißt das noch gleich – Zwergdichter!«

»Kleinkünstler«, sage ich verknittert.

»Und was machen Sie beruflich?«

»Nun ja, wie gesagt schreibe ich lustige Geschichten und Lieder.«

»Davon kann man leben?«

»Ich muss gestehen, eine Frage, die mir auch bei Ihnen schon in den Sinn gekommen ist …«

»MY BRAIN HURTS!«, ruft sie plötzlich mit tiefer Stimme und schlägt sich mit dem Handballen gegen die Schläfe. »MY BRAIN HURTS!«

»Wie meinen?«, frage ich.

»NURSE! NURSE!«, ruft sie. »Hihihi. Kennen Sie den Monty-Python-Sketch?«

»Are you the brain specialist?«, frage ich.

»NO! NO!«, ruft sie wieder mit tiefer Stimme. »I AM NOT THE BRAIN SPECIALIST … YES! YES! I AM THE BRAIN SPECIALIST!«

»Ja, kenn ich. Was ist das hier? Eine Scherztherapie?«

Sie nimmt in jede Hand das Ende eines ihrer Zöpfe, drückt sie zusammen und zieht sie auseinander. Das wiederholt sie mehrfach. Immer wenn sich die Zöpfe treffen, macht sie Kussgeräusche.

Ich räuspere mich. Die beiden Zöpfe wenden sich zu mir, und Anneliese sagt mit einer Kinderstimme: »Ja? Was beschäftigt dich denn?« Bei jeder Silbe bewegt sie ihre Zöpfe. »Uns kannst du alles erzählen!«

»Tun Sie gerade so, als ob Ihre Zöpfe mit mir sprechen?«

»Wir heißen«, sagt der rechte Zopf, »Righty und Lefty.«

»Der Esel nennt sich selbst zuerst«, meckert der linke Zopf.

Anneliese lacht.

»Also«, sage ich. »Jedenfalls haben wir einen neuen Nachbarn.«

»Ich habe auch einen neuen Nachbarn«, sagt Anneliese überrascht und lässt ihre Zöpfe los. »Das ist ja total der Zufall! Der Typ ist vielleicht komisch drauf. Der redet die ganze Zeit von seiner Arbeit. Sie können sich gar nicht vorstellen, wie langweilig das ist. Er ist Astronaut.«

»Unser Nachbar redet nicht viel«, sage ich. »Er ist ein Pinguin.«

Die beiden Zöpfe treten wieder in Aktion. Lefty kichert und sagt: »Du hast ja total einen an der Klatsche!«

»Sprach der Zopf«, sage ich kopfschüttelnd.

»Ich kann fünf Minuten Handstand machen«, sagt Anneliese. »Soll ich?«

Anneliese beginnt, im Handstand durch das Zimmer zu laufen. Ich schaue sprachlos zu.

»Geht es Ihnen eigentlich schon besser?«, fragt sie nach einer Weile.

»Nun ja. Ich fühle mich jedenfalls plötzlich sehr normal.«

»Genau das ist ja das Ziel meiner neuen Therapiemethode. Hihi.«

»Ich«, sage ich, »will mich eigentlich gar nicht normal fühlen.«

Als ich nach Hause komme, sitzt das Känguru immer noch mit dem Kopf nach unten auf der Couch und guckt »Vier Fäuste gegen Rio«.

Ich setze mich dazu.

»Du hattest recht«, sage ich. »Ich hätte nicht aus dem Haus gehen sollen. Im Übrigen bin ich der Meinung, dass Nationalismus keine Alternative, sondern eine Katastrophe ist.«

KLEINE KÜNSTLER

Das Känguru kommt mit einem offenkundig selbst gebackenen Kuchen zur Tür herein und singt: »Heut ist dein Geburtstag, deshalb sind wir hier. Alle deine Freunde feiern heut mit dir!«

Ich blicke mich in der leeren Küche um.

»Die anderen kommen bestimmt später noch!«, sagt das Känguru.

»Ich habe niemanden eingeladen«, sage ich.

»Wieso denn nicht?«

»Ich hatte gestern Geburtstag.«

»Ach so. Äh …«

»Du brauchst dich nicht zu entschuldigen«, sage ich. »Mir ist mein Geburtstag egal. Ich finde dieses ganze Jubiläumsgetue total bourgeois. Hundert Jahre Wendelsteinbahn in den östlichen bayrischen Voralpen. Fünfundzwanzigster Todestag von Franz Josef Strauß. 2000 Jahre Jesus. So what?«

»Fun Fact!«, ruft das Känguru. »Strauß ist ja am 3. Oktober 1988 gestorben. Und weil sich so viele Leute darüber gefreut haben, wird dieses Datum seitdem mit einem bundesweiten Feiertag bejubelt.«

»Soso«, sage ich. »Jedenfalls ist mir mein Geburtstag egal. Aber weißt du, was mich schockiert? Kim Jong-un ist jünger als ich.« Ich schüttle frustriert den Kopf. »Irgendwo muss ich falsch abgebogen sein. Ich finde das nicht gut. Diktatoren waren immer älter als ich. Waren immer viel älter als ich. Waren so alt wie Strauß. Oder wie Fidel.«

»Fidel war doch kein Diktator!«, empört sich das Känguru.

»Ja, ja. Is ja gut. Lass uns diese Diskussion bitte gleich hier abbrechen.«

»Auch der neue Machthaber von Österreich ist ja jünger als du«, sagt das Känguru.

Ich seufze. Es klingelt.

»Wer ist das?«, frage ich.

»Das ist bestimmt Maria«, sagt das Känguru. »Ich, äh, hatte sie zu deinem Geburtstag eingeladen.«

Gleich darauf kommt Maria zur Tür herein, mit einem sehr niedlichen Kind an der Hand.

»Hey! Alles Gute! Ich muss mal ganz dringend«, sagt sie und ist schon im Bad verschwunden. Ich gehe in die Knie und begrüße das Kind, welches dies als Anlass nimmt, sofort unverhältnismäßig laut loszuschreien.

»Kind«, sage ich. »Kind! Hör doch mal auf!«

Es klingelt.

Kaum ist das Känguru zur Tür gegangen, da wirft sich das brüllende Kind auf den Boden und strampelt auch noch wie verrückt.

»Wie ist das denn jetzt so schnell eskaliert?«, frage ich.

Herta kommt herein.

»Hey, allet Jute zum … Wat is'n dit für 'ne komische Jeburtstachsparty?«

»Er hat nicht viele Freunde in seinem Alter«, sagt das Känguru.

»Die meisten sind schon längst Diktatoren«, sage ich.

»Wat?«

»Du, Junge«, sage ich zu Marias schreiendem Kind. »Aufhören.«

Der Junge hört nicht auf. Maria kommt aus dem Badezimmer.

»Ich weiß nicht, wie du das aushältst«, sage ich zu ihr. »Dein Kind folgt einfach überhaupt nicht.«

»Natürlich folgt es nicht. Dafür ist es zu gut erzogen.«

Das Känguru nimmt das Kind hoch. Es hört sofort auf zu schreien.

»Ich weiß nicht, woran es liegt«, sagt das Känguru, »aber Kinder lieben mich einfach.«

»Wie heißt dein Sohn eigentlich?«, frage ich.

»Jesus«, sagt Maria.

»Tatsächlich?«

»Was soll ich sagen«, sagt Maria. »Ich war jung und fand's witzig.«

»Außerdem war dit Kind och wie beim historischen Vorbild nicht vom eijentlichen Jemahl«, sagt Herta.

»Herta! Das ist privat!«

Es klingelt, das Känguru öffnet. Friedrich-Wilhelm und Otto-Von kommen ins Wohnzimmer und wollen mir gratulieren, aber Jesus fordert alle Aufmerksamkeit für sich. Er hüpft in die Luft und ruft: »Kuckt mal, was ich kann!« Allerdings hat Jesus eine sehr eigene Hüpftechnik entwickelt, bei der man erst mit beiden Beinen ganz tief in die Knie geht, um dann plötzlich hochzuschnellen, ohne dabei aber mit den Füßen den Boden zu verlassen. Jesus schaut uns erwartungsvoll an.

»Ganz toll«, lobt Maria und klingt dabei sogar aufrichtig.

»Ich … äh … ich weiß gar nicht, was ich sagen soll«, sage ich. »Selten hat mich etwas so begeistert.«

»Letztens hat mir jemand erzählt, dass Johnny Depp mal in einem Interview gesagt hat: ›Kinder sind wie ganz kleine Betrunkene‹«, sagt Friedrich-Wilhelm und lacht. Ich muss auch grinsen. Das Känguru lacht nicht.

»Findste nicht witzig?«, frage ich.

»Ich bin dieser Jemand«, sagt das Känguru. »Ich habe euch diese Anekdote letztens erzählt.«

»Ich finde gar nicht, dass Kinder wie ganz kleine Betrunkene sind«, sagt Maria. »Sie sind vielmehr wie ganz kleine Künstler.«

»Kleinkünstler?«, fragt Otto belustigt.

Er klatscht mit dem Känguru ab. Ich rolle mit den Augen.

»Inwiefern sind Kinder wie Künstler?«, frage ich.

»Nun«, sagt Maria. »Kritiker fragen immer wieder: ›Was will uns der Künstler damit sagen?‹ Unzählige Artikel, Konferenzen und Doktorarbeiten beschäftigen sich mit dieser Frage, dabei ist die Antwort so simpel.«

»So?«, frage ich.

»Nehmen wir zum Beispiel den *Ulysses*«, sagt Maria. »Im vierzehnten Kapitel, in dem es vordergründig um die Geburt eines Kindes geht, ändert sich abschnittsweise der Sprachstil – vom Altenglischen über den Stil der King-James-Bibel, den Defoes, Sternes, Dickens' bis hin zum zeitgenössischen Dubliner Slang. Damit wird parallel zur Geburt des Kindes gleichsam die Genese der Sprache nachvollzogen. Was wollte uns James Joyce damit sagen?« Maria blickt in die Runde. »Er wollte damit sagen: ›Kuckt mal, was ich kann!‹«

Alle lachen. Nur ich murmle: »Banausen.«

Maria fährt fort: »Was wollte uns Damien Hirst damit sagen, als er einen Tigerhai in Formaldehyd eingelegt hat? ›Kuckt mal, was ich kann!‹ Was wollte Slash mit jedem einzelnen seiner Gitarrensoli sagen? ›Kuckt mal, was ich kann!‹ Alles, was je ein Künstler jemals sagen wollte, ist: ›Kuckt mal, was ich kann!‹«

»Als ob das nur bei Künstlern der Fall wäre«, sage ich. »Was wollte uns denn zum Beispiel Kim Jong-un mit jedem seiner Raketenstarts zeigen? Hm? Auch nur: Kuckt mal, was ich kann.«

»Wie kommt er denn jetzt auf Kim Jong-un?«, fragt Otto.

»Kuckt mal, was ich kann!«, ruft Jesus.

Er hüpft, indem er erst mit beiden Beinen ganz tief in die Knie geht und dann plötzlich hochschnellt, ohne dabei aber mit den Füßen den Boden zu verlassen.

»Junge, wat du da tust, kann man nicht ernsthaft hüpfen nennen«, sagt Herta. »Dit is mehr eene lächerliche Form der Kniebeuge.«

Jesus fängt sofort an zu heulen.

»Auch mit Kritik können Kinder genauso wenig umgehen wie Künstler«, sagt das Känguru.

»Ja«, sagt Friedrich-Wilhelm. »Vor allem nicht mit berechtigter.«

»Haha«, sage ich. »Everybody is a fucking critic! Aber was könnt ihr denn so Tolles? Hm? Ihr seid doch nur neidisch, weil ihr nämlich gar nichts Besonderes könnt!«

»Ich kann mit fünf Rubikwürfeln jonglieren und sie während der Jonglage lösen«, sagt das Känguru.

»Na klar«, sage ich.

Das Känguru holt fünf Rubikwürfel aus seinem Beutel, jongliert mit ihnen und löst sie während der Jonglage.

»Ph«, sage ich. »Das kann ja jeder …«

DiE WETTE

»Soll ich fahren?«, fragt das Känguru, bevor wir ins Auto steigen.

»Nein«, sage ich. »Ich fahre.«

Ich lege den Gang ein, setze zurück und BOMM.

»Was war das?«, fragt das Känguru und dreht sich um. »Aha. Eine Eiche. Die stand da bestimmt gerade noch nicht.«

»Sei still«, sage ich.

»Ganz heimtückische Gewächse, diese Eichen«, sagt das Känguru. »Die schleichen sich immer von hinten an einen ran.«

»Sei still.«

»Ich nenne die ja drum auch gar nicht Eichen, sondern Schleichen.«

Ich grummle und würge den Motor ab.

»Soll ich fahren?«, fragt das Känguru.

»Was hab ich gesagt? Still sein.«

Ich lasse den Motor an, lege den ersten Gang ein, gebe Gas, bremse abrupt und setze wieder zurück, BOMM.

»Soll ich …?«, beginnt das Känguru.

»Ich kann selber fahren.«

»Nee. Ich meinte, ob ich den Baum fällen soll«, sagt das Känguru. »Es wäre allerdings ein bisschen schade, weil das hier weit und breit der einzige Baum ist.«

»Hier ist die Tür!«, sage ich. »Du kannst gerne laufen.«

Dann setze ich noch mal vor und zurück, und wir sind auf der Straße. Das Känguru kichert.

»Du kannst gleich aussteigen!«, sage ich.

»Nee! Ich habe mir doch nur gerade selber 'nen Witz erzählt.«

»Ja, ja.«

»Die Pointe war, wie ein Kleinkünstler gegen eine Eiche gefahren ist.«

»Ach, sei still.«

»Zweimal …«

Ratatatatatatata.

»Obwohl es der einzige Baum weit und breit war«, sagt das Känguru.

Ratatatatatatata.

»Was ist das für ein komisches Geräusch?«, frage ich.

Ratatatatatatata.

»Ein Güterzug?«

Ratatatatatatata.

»Hier sind doch gar keine Gleise …«

Ratatatatatatata.

»Ich glaube, es ist das Auto«, sagt das Känguru.

Ratatatatatatata.

»Meinste?«

Ratatatatatatata.

»Jo.«

Ratatatatatatata.

»Mhm. Könnte sein.«

RATATATA.

»Die Anzeichen verdichten sich«, sagt das Känguru. »Meine Seite liegt zum Beispiel etwas tiefer als deine.«

RATATATA.

»Ich glaube, wir haben 'nen Platten«, sage ich.

RATATATA.

»Brems doch mal.«

RATATA. Quietsch.

Wir begutachten den Schaden.

»Kein Problem. Kein Problem«, sage ich. »Ich wechsle einfach das Rad aus. Das kann ich. Das geht ruckzuck.«

»Das glaube ich nich«, sagt das Känguru.

»Doch, doch«, sage ich. »Wollen wir wetten?«

»Okay.«

»Um was?«

»Ähm …«, sagt das Känguru, »der Verlierer muss fünf Kilogramm warmen Quark hintereinanderweg in sich reinlöffeln.«

»Was?«, frage ich verwundert. »Bäh. Nun ja. Von mir aus.«

»Na dann!«, ruft das Känguru, und wir schlagen ein.

Ich laufe zum Kofferraum und öffne das Ersatzradfach.

»Wir haben kein Ersatzrad?«, frage ich.

»Jo«, sagt das Känguru. »Das ist mir letztens nach dem Einkaufen aufgefallen. Deswegen habe ich gesagt, glaub ich nicht, als du gesagt hast, du würdest das Rad ruckzuck wechseln.«

»Aha. Verstehe«, sage ich. »Stattdessen steht ein Fünf-Kilogramm-Becher Quark hier im Ersatzradfach.«

»Den hatte ich nach dem Einkaufen hier reingepackt und dann vergessen auszuladen.«

»Aha«, sage ich.

»Guten Appetit.«

LICHT & TON

»Okay, na gut, dann gute Besserung«, sage ich und lege auf.

»Mein Tontechniker hat ›Rücken‹«, sage ich. »Jemand muss ihn morgen Abend ersetzen.«

»Und wieso kuckst du mich an?«, fragt das Känguru.

»So kompliziert ist der Job bei mir nicht«, sage ich. »Mikro an oder Mikro aus.«

»Wo ist der Auftritt denn?«

»Irgendwo im Ruhrgebiet.«

»Hm. Und wo genau?«

»Ist doch egal«, sage ich. »Ist doch überall schön dort.«

»Okay. Ich mach's.«

»Wirklich?«, frage ich erstaunt.

»Techniker kriegen Geld, oder?«

Am nächsten Abend sitze ich auf der Bühne, lese erstaunlich vielen Leuten Geschichten vor und denke dabei die ganze Zeit: »Ich hätte es wissen müssen. Es war ein Fehler. Ich hätte wissen müssen, dass es sich die ganze Zeit mit dem verdammten Lichttechniker streiten wird.«

Und weil der Technikerbereich direkt seitlich von der Bühne ist, kann ich alles hören. Das lenkt kaum ab.

»Wer braucht schon Licht!«, sagt das Känguru.

»Licht ist viel wichtiger als Ton!«, sagt der Lichttechniker. »Wenn ich hier nicht das Licht angeknipst hätte, dann hätten die Leute genauso gut bei sich zu Hause das Hörbuch anmachen können.«

Ich lese gerade ein Kapitel, in dem die Erzählperspektive ständig wechselt, das Lieblingskapitel aller Deutschlehrer, da höre ich, wie das Känguru sagt: »Na, dann pass mal auf. Ich beweise dir, dass ich wichtiger bin!«

Ich frage mich noch, ob mir das Sorgen machen sollte, da schaltet das Känguru schon das Mikrofon aus. Mein Bühnenprogramm verwandelt sich in einen sehr langweiligen Stummfilm. »Mann mit Buch sitzt an einem Tisch in Bottrop«. Ich drehe mich zum Känguru um und kucke es mit meinem patentierten ›Ernsthaft, Beuteltier?‹-Blick an.

»Den Blick kenne ich«, sagt das Känguru lachend und macht das Mikrofon wieder an.

Ich wende mich zum Publikum, lächle gezwungen und sage: »Aufgrund von Technikerstörungen kam es zu Verzögerungen im Programmablauf.«

Dann lese ich weiter: »So ist das in der Welt. Der eine hat den Beutel ...«

Da macht mir der Lichttechniker mitten im Satz das Licht aus.

»... der andere hat das Geld«, bringe ich die Pointe im Dunkeln zu Ende. Das Publikum lacht. Und auch das Känguru lacht.

»Hörst du?«, fragt es. »Die Show geht auch ohne Licht weiter.«

»Denkst du«, sagt der Lichttechniker. »Aber wie soll er jetzt weiter vorlesen?«

»Guter Punkt«, sage ich.

»Ph«, sagt das Känguru.

»Im Übrigen«, sagt der Lichttechniker und macht das Licht wieder an. »Denk mal an die ersten Worte, die Gott laut

Bibel gesprochen haben soll. Der Allmächtige hat nicht gesagt: ›Es werde Ton!‹ Er hat gesagt: ›Es werde Licht!‹«

Das Känguru überlegt einen Moment, dann sagt es: »Ja, aber er hat es gesagt und nicht geleuchtet!«

DAS TICKET

Wir sind zu Besuch in einer deutschen Stadt, deren Name nichts zur Sache tut, und stehen dort in einem sehr großen, sehr beeindruckenden katholischen Dom. Ja, ja. Köln. Richtig.

»Hast du eigentlich schon mal gebeichtet?«, fragt das Känguru.

»Nee«, sage ich.

»Aber du warst doch mal in dem Verein …«

»Ach. Ich war eher so Mitläufer.«

»Und du warst nie versucht, mal zu beichten?«

»Wieso denn?«, frage ich. »Es gibt keinen Gott.«

»Ja, aber wenn doch …«, sagt das Känguru. »Weißte, das Gute is ja – wenn ich das Konzept richtig verstanden habe –, man muss einfach nur die ganze Scheiße, die man gebaut hat, dem Kasper im Kasten erzählen, und dann ist auch schon, schwups, alles vergeben.«

»Du meinst, wir sollten lieber auf Nummer sicher gehen, falls es doch einen Gott gibt?«

»Kost ja nix«, sagt das Känguru.

»Nicht mehr«, sage ich. »Das immerhin hat die evangelische Kirche erreicht.«

»Jo. Konkurrenz verbessert den Service«, sagt das Känguru und hüpft in einen der Beichtstühle. Ich betrete einen anderen Kasten, setze mich, nehme meine Mütze ab und sage: »Hallo … äh … Ihro Gnaden … oder was man so sagt …«

»Gott, der unser Herz erleuchtet«, sagt der Priester, »schenke dir wahre Erkenntnis deiner Sünden und seiner Barmherzigkeit.«

»Ähm … ja, genau. Was Sie sagen.«

»Wie lange seit der letzten Beichte?«

»Ähm«, sage ich. »Also ich, äh, ich hätte nicht gleich die spanische Inquisition erwartet, äh … hehe … Kennen Sie den Monty-Python-Sketch? … Also, nun, ich … äh … bin getauft – zählt das? –, ich, äh, gehe regelmäßig in die Kirche … äh … alle 32 Jahre.«

»Erzähle mir deine Sünden, mein Sohn.«

»Eine Frage hätte ich vorher noch.«

»Ja?«

»Sie erzählen das niemandem weiter, was ich Ihnen erzähle, oder?«

»Nein. Natürlich nicht.«

»Auch nicht Ihrer Haushälterin?«

»Nein.«

»Denn es gibt ja viele, die behaupten, dass sie Geheimnisse niemandem weitererzählen, aber bei der Zigarette danach werden sie dann doch gesprächig.«

Der Priester schweigt.

»Das war nur ein Scherz«, sage ich. »Ich weiß doch, dass die allermeisten Priester nicht, äh, rauchen.«

Der Priester schweigt.

»Aber Sie erzählen nix?«, frage ich.

»Nein. Ich gebe dir mein Ehrenwort.«

»Wie Helmut Kohl, wa? Na ja, man kann ja viel über den Mann sagen, aber er stand zu seinem Ehrenwort, wenn es um schmutzige Geheimnisse ging.«

»Ich werde es niemandem erzählen.«

»Auch nicht meiner Mutter?«

»Ich kenne deine Mutter doch gar nicht.«

»Echt nicht?«, frage ich.

»Nein.«

»Das is ja komisch.«

»Wieso ist das komisch?«

»Na, ich dachte nur, wenn ich doch, wie Sie sagten, Ihr Sohn bin, dass Sie dann auch meine Mutter kennen würden.«

Schweigen.

»Aber Sie kennen sie nicht?«, hake ich nach.

»Nein.«

»Na ja. Jeder hat mal 'ne wilde Phase, schätze ich.«

»Ich möchte nicht ungeduldig scheinen, aber deine Sünden, mein So…«

»Jetzt wollten Sie schon wieder ›Sohn‹ sagen, wa?«

»Nein. Ich wollte sagen: Soldat Gottes!«

»Wie? Gerade noch Sohn und jetzt schon Soldat? Bekomme ich denn gar keine Chance, mich ausmustern zu lassen? Kann ich nicht verweigern?«

»Wir mustern nicht aus. Wir nehmen jeden.«

»Ja, das Gefühl habe ich auch.«

Der Priester schweigt.

»Was passiert eigentlich, wenn ich meine Sünden gebeichtet habe?«, frage ich. »Erlegen Sie mir dann was auf?«

»Ja.«

»Eine Strafe?«, frage ich. »So was wie 'ne Strafarbeit?«

»Nun ja. Wenn du so willst …«

»Nee, will ich eigentlich nicht …«

Schweigen.

»Was is das denn so?«, frage ich.

»Nun. Zum Beispiel ein Akt der Nächstenliebe.«

»Muss ich Ihr Auto waschen?«

»Nein, es geht ja nicht …«

»Auto waschen wäre okay«, sage ich. »Solange ich nicht abspülen muss. Abspülen hasse ich. Am schlimmsten ist aber Bad putzen.«

Der Priester schweigt.

»Was ich mich schon immer gefragt habe«, sage ich. »Wenn Sie Ihren ganzen Hokuspokus machen und sich der Wein in das Blut und der Keks in den Leib Christi verwandelt … Wenn Sie dann – vampirestyle – das Blut trinken, da bleibt ja immer ein kleiner Rest im Glas. Darf man das dann einfach in die Spülmaschine stellen? Oder wäre das ein Sakrileg? Muss man das von Hand auswaschen? Mit Weihwasser vielleicht?«

»Darum kümmert sich meine Haushälterin.«

»Aha!«, rufe ich aus.

»Was soll das heißen, ›Aha‹?«, fragt er.

»Nichts, nichts«, sage ich.

Schweigen.

»Eine allerletzte Frage noch«, sage ich. »Ich habe mich schon oft gewundert … Begrüßen sich Ministranten heutzutage mit: ›Na, was geht, du Messopfer?‹«

»Nein. Und ich habe auch wirklich …«

»Da fällt mir ein, ich hatte letztens eine schöne Idee für ein Marketingprodukt von ihrem Verein. Kondome, von denen die Hälfte undicht ist, und die Marke heißt: ›Give God a Chance!‹«

»Ich glaube nicht, dass das …«

»Okay, okay«, sage ich. »Jetzt die Sünde. Ich, äh, wie soll ich's sagen … Ich habe meinen Glauben an Gott verloren. Wobei, ›verloren‹ ist nicht das richtige Wort, weil man ja eigentlich nicht verlieren kann, was man noch nie gehabt hat …«

»Verzeih mir, mein So…rgenkind, aber was tust du dann hier?«

»Ja, gute Frage«, sage ich. »Krass spirituell irgendwie. Was tue ich hier? Frage ich mich oft. Zum Beispiel immer, wenn ich mir wider besseres Wissen einen Film mit Vin Diesel im Kino ankucke. Meist so nach der Hälfte frage ich mich dann: ›Was zum Teufel tue ich eigentlich hier?‹ Oh. Sorry. Zählte das schon als fluchen?«

»Ja.«

»Na, sagense mir einfach, wie viel ich nachher dafür in die Sparbüchse werfen soll.«

»Ich meinte eher konkret, warum bist du hier?«, sagt der Priester. »Hier im Beichtstuhl?«

»Ach so. Nun, das Känguru meint halt, es schadet nicht, zu glauben, weil man damit quasi auf Nummer sicher geht. Also, wie wenn man ein Ticket löst, statt schwarzzufahren. Verstehense? Wenn es keinen Kontrolleur gibt, schadet's ja nichts, wenn man trotzdem ein Ticket hat. Nur andersrum is blöd. Obwohl … Wenn's keinen Kontrolleur gibt, hätte man sich statt des Tickets lieber eine Biobrause Pastinake-Lebertran kaufen können. Aber man weiß es halt nicht. Und was die Entscheidung bei der Religionswahl zusätzlich schwierig macht, ist: Man weiß ja nich, welches Ticket man lösen soll. Also, welchen Reiseveranstalter nimmt man? Verstehnse? Ich fühle mich wie eine Oma vorm Fahrscheinautomaten. Wenn ich jetzt nämlich – nur mal hypothetisch – wieder eurem Verein beitreten würde, aber der Kontrolleur ist dann so ein großer Typ mit Elefantenkopf und sagt: ›Dein Ticket ist hier nicht gültig. Törrröt.‹ Das wär ja noch viel blöder, als wenn ich gar kein Ticket hätte, oder?«

»Aber was glaubst du denn, welches Ticket das richtige ist?«

»Ja, das weiß ich eben nicht. Das ist halt ein Glücksspiel, finde ich. Das Känguru hat mir von so 'ner Sekte in Vietnam erzählt. Caodaisten heißen die, und die kombinieren Elemente aus Christentum, Judentum und Islam mit Buddhismus und Hinduismus. Die glauben quasi an alles. Das finde ich gar nich so schlecht, das ist ja gewissermaßen wie Systemlotto spielen.«

Der Priester schweigt verdächtig lange. Schließlich sagt er: »Jetzt habe ich auch mal eine Frage: Wer wurde vom US-Männermagazin Esquire zur ersten ›Sexiest Woman Alive‹ gewählt?«

»Äh ... Keine Ahnung? Angelina Jolie?«

»Ja! Richtig! Super. Danke.«

»Was? Warum? Spielen Sie da etwa auf Ihrem Handy Quizduell?«

»Verzeih mir, mein Sohn«, sagt der Priester nach einer kurzen Pause. »Normalerweise belästige ich die Kunden damit nicht, aber das hier könnte mein erstes perfektes Spiel werden. Alle achtzehn Fragen richtig.«

»Ich will Sie nicht desillusionieren«, sage ich, »aber es passiert wirklich gar nichts, wenn man ein perfektes Spiel schafft. Es gibt keinen Tusch, kein nettes Video, keine noch so kleine Glückwunschbotschaft, und man wird auch nicht zu Günther Jauch eingeladen.«

»Das glaube ich nicht«, sagt der Priester. »Das wäre zu enttäuschend. Das würde Gott nicht zulassen.«

Eine ganze Weile sagt keiner was.

»Und?«, frage ich schließlich.

»Was?«

»Perfektes Spiel?«

»Nicht geschafft.«

»An welcher Frage sind Sie gescheitert?«

»Wie heißt der biblische Baum, von dem Adam und Eva im Paradies verbotenerweise Äpfel gegessen haben?«

»Was haben Sie getippt?«, frage ich.

»Apfelbaum.«

»Haben Sie etwa mit Absicht eine falsche Antwort gegeben?«, frage ich.

»Glaube braucht keine Gewissheit«, sagt der Priester.

»Sie sind ja auch eine Glaubens- und keine Wissensgemeinschaft, wa?«

»Genau.«

»Glaube heißt Nicht-wissen-wollen, was wahr ist«, sage ich.

»Nietzsche!«, sagt der Priester.

»Richtig!«, sage ich. »Sehr gut.«

»Die Frage hatte ich letztens erst.«

»Verstehe«, sage ich. »Vielen Dank für das nette Gespräch.«

»Gerne.«

Ich verlasse den Beichtstuhl.

Kurz darauf rennt ein Priester aus dem Kasten nebenan. Er hat sich die Finger in die Ohren gesteckt und singt: »Danke für diesen guten Morgen! Danke für jeden neuen Tag!«

Das Känguru tritt aus dem Beichtstuhl.

»Ey! Sie! Kommen Sie zurück!«, ruft es. »Ich hab doch gerade erst angefangen!«

EIN ERNSTES GESPRÄCH

»Ich muss mal ein ernstes Gespräch mit dir führen«, sagt das Känguru. »Es ist ...«

»... neunzehnsechsundneunzich«, sage ich, »meine Freundin ist weg und bräunt sich. In der Südsee. Allein? Ja, mein Budget war klein. Na fein, herein, willkommen im Verein.«

»Wie bitte?«, fragt das Känguru.

»'tschuldigung«, sage ich, »aber es gibt so ein paar Songzeilen aus meiner Jugend, die haben sich so krass in mein Hirn eingebrannt, dass sie immer getriggert werden, wenn jemand bestimmte Wörter mit einer bestimmten Betonung sagt.«

»Du meinst, ich habe das ausgelöst, indem ich gesagt habe: ›Es ist‹?«

»... neunzehnsechsundneunzich«, sage ich, »meine Freundin ist weg und bräunt sich ... Ich kann nichts dafür. Das muss dann raus.«

»Aber ›es ist‹ ...«

»... neunzehnsechsundneunzich«, sage ich.

»... taucht ja wohl sehr häufig in Sätzen auf. Das muss doch nerven ...«

»Massiv.«

»Na gut«, sagt das Känguru. »Jedenfalls glaubst du anscheinend, du könntest ewig so weiterwursteln, doch eines Tages ...«

»… werd ich mich rächen. Ich werd die Herzen aller Mädchen brechen. Dann bin ich ein Star, der in der Zeitung steht, und dann tut es dir leid, doch dann ist es zu spät.«

»Boah«, sagt das Känguru. »Würde es helfen, wenn wir englisch sprechen?«

»Auf Englisch isses noch viel schlimmer«, sage ich.

»Und in diesem Zustand bist du manchmal? Oder immer wenn …«

»… es regnet«, sage ich. »Muss ich an dich denken. Wie wir uns begegnet.«

»Und warum …«

»Nur für den Kick, für den Augenblick!«

»Das gibt's doch gar nicht.«

»Gibt's doch gar nicht!«, singe ich. »Gibt's doch gar nicht!«

»Willst du …«

»… mit mir geh'n? Willst du mit mir geh'n?«

»Hey!«, ruft das Känguru genervt. »Hey!«

»Telefonmann!«, rufe ich. »Das Telefon schellt, und ich steh im Keller. Vielleicht nur verwählt, aber ich bin schneller.«

»Es gab mal eine Zeit«, sagt das Känguru, »da konnte man ein vernünftiges Gespräch mit dir führen, und jetzt schau dich an …«

»… wo bist du hingekommen. Ich sag's dir. Sie ist weg und hat mich mitgenommen … mitgenommen … mitgenommen.«

»Nicht mal …«

»… drum and base hält jetzt mit deinem Herzen Schritt.«

»Ich find …«

»… dich scheiße«, singe ich. »So richtig scheiße!«

»Verdammt!«

»Ich lieb dich, ich lieb dich nicht!«

»Das hast du in deiner Jugend gehört?!«

»Na ja. Unabsichtlich. Im Radio. Da lief halt auch viel Schlager.«

»Wahnsinn.«

»Warum schickst du mich in die Hölle? Hölle, Hölle, Hölle!«

»Ach, vergiss es«, sagt das Känguru wütend und verlässt das Zimmer. »Mit dir kann man einfach kein ernstes Gespräch führen!«

»Puh«, sage ich leise. »Noch mal Glück gehabt.«

SCHADE

»Arrrrrrrgh!«, brülle ich.

»Wasnlos?«, fragt das Känguru.

»Ich bin dran mit Abspülen. Aber ich hasse Abspülen. Das Einzige, was schlimmer ist als Abspülen, ist Bad putzen.«

»Was ist mit aus seiner Heimat fliehen müssen, weil Krieg herrscht, dann tagelang auf einem viel zu engen Schiff eingesperrt sein, mit zu wenig Wasser und zu wenig Essen, dann wochenlang unter erbarmungswürdigen Zuständen in einem Auffanglager festsitzen, um dann endlich nach Deutschland zu kommen, wo man gleich von einem Haufen rechtsradikaler Arschlöcher attackiert wird?«, fragt das Känguru.

»Ja, gut«, gebe ich zu. »Das ist auch schlimmer.«

Ich kratze mich am Bart.

»Weißt du«, sage ich, »es ist noch gar nicht lange her, zehn Jahre vielleicht, da fragte mich ein Mädchen nach einer Lesung, warum ich Texte gegen Rassisten schreiben würde. Sie tat das nicht, weil sie selbst Rassistin gewesen wäre, sondern weil sie das Gefühl hatte, dass Rassisten kein relevantes Problem mehr sind. Heute stellt mir keiner mehr solche Fragen.«

»Schade eigentlich«, sagt das Känguru.

»Sehr schade.«

ENTNAZIFIZIERUNG

Wir rennen, als ob eine Horde Nazis hinter uns her wäre, was tatsächlich der Fall ist. Die Horde besteht aus vier Typen. Ein Dicker, ein Kleiner, ein Großer und einer mit Haaren. Wir biegen scharf links ab und verstecken uns in einer dunklen Seitengasse hinter ein paar Mülltonnen.

»Da haben wir uns aber nicht gerade mit Ruhm bekleckert«, sage ich, vor Erschöpfung keuchend.

»Es hat nichts Unehrenhaftes«, sagt das Känguru, »vor einer Übermacht Nazis äh …«

»… panisch wegzurennen?«, frage ich.

»Ach, Ehre ist sowieso ein total überholtes Konzept«, sagt das Känguru. »Ich meine, es stand nun mal vier gegen eins.«

»Vier gegen zwei.«

»Wem willst du hier was vormachen?«

»Na gut. Vier gegen eins.«

»Wann hast du dich das letzte Mal geprügelt?«

»Das, äh, ist über fünfundzwanzig Jahre her«, sage ich. »Da hatte mich Gerhard Schröder beim Fußball brutal gefault …«

»Der Bundeskanzler?«

»Nee«, sage ich. »Der hieß nur so. Damals war der Schröder auch noch gar nicht Bundeskanzler. Jedenfalls war ich so sauer, dass ich einfach auf ihn los bin.«

»Also, das wäre mir mal fast mit dem gleichnamigen Bundeskanzler passiert.«

Ich schließe meine Augen und atme tief ein.

»Wie ist es ausgegangen?«, fragt das Känguru.

»Der Schröder hat mich dermaßen fertiggemacht … Danach war ich kaum wiederzuerkennen.«

»Das ist der SPD mit ihrem Schröder ja auch passiert.«

»Jedenfalls habe ich damals festgestellt, dass reden für mich besser funktioniert als prügeln.«

Das Känguru grübelt. »Du meinst also, wir hätten mit den Nazis reden sollen?«

»Äh … nein. Das meine ich nicht.«

»Mit den Nazis reden«, sagt das Känguru, »das ist gar keine schlechte Idee.«

»Äh, doch.«

»Nee, nee. Wie sagt man so schön: Dem Klügeren wird nachgegeben.«

»So sagt man nicht.«

»Nein?«

In dem Moment kommt der kleine Nazi suchend in unsere dunkle Seitengasse. Das Känguru boxt ihn sofort zu Boden.

»Ich dachte, du wolltest mit ihnen reden«, sage ich.

»Ah ja, stimmt«, sagt das Känguru. »War nur ein Reflex. Schwer abzustellen.« Der Kleine rappelt sich auf.

Die anderen drei Nazis kommen hinzu, und ich muss erkennen, dass unsere dunkle Seitengasse eine dunkle Sackgasse ist.

»Gut«, sagt das Känguru. »Jetzt rede mit ihnen.«

Es schubst mich einen Schritt in ihre Richtung.

»Äh …«, eröffne ich rhetorisch geschickt meine Argumentation. »Äh … Jetzt mal ganz ruhig. Also … äh … ihr solltet über Folgendes nachdenken: Also, ihr seid vier Nazis …«

Der mit den Haaren erhebt den Zeigefinger.

»Wir sind keine Nazis«, sagt er. »Wir sind Patrioten!«

»Einigen wir uns auf Rassisten«, schlägt das Känguru vor. »Wäre das okay?«

»Ja, okay«, sagt der Dicke.

»Nein«, sagt der mit den Haaren. »Das wäre nicht okay. Wir sind keine Rassisten. Wir sind Nationalisten. Das ist ein Unterschied.«

»Naaaa jaaaaa«, sage ich, »vielleicht sind es zwei Paar Stiefel … Aber es ist schon dieselbe Marke.«

»Und sie haben beide Stahlkappen«, sagt das Känguru.

»Ich sehe mich definitiv auch als Rassist«, sagt der Dicke.

Der mit den Haaren verdreht die Augen.

»Dann bleiben wir einfach bei Nazis?«, schlage ich vor.

Die Nazis zucken mit den Schultern.

»Schön«, sage ich. »Jedenfalls, was ich sagen wollte, laut einer Statistik der Bertelsmann-Stiftung ist einer von vier Nazis ein V-Mann des Verfassungsschutzes. Habt ihr das gewusst?« Ich blicke die Nazis einzeln an. »Und habt ihr euch schon mal gefragt, wer von euch vieren der V-Mann ist?«

Die Nazis beäugen sich kritisch.

»Jetzt hört mal zu, ihr Kasper«, sagt das Känguru und schiebt mich zur Seite. »Ich weiß, ihr habt Angst. Ich aber sage: Fürchtet euch nicht.«

»Die Einzigen, die sich fürchten sollten, seid ihr Spacken!«, sagt der Dicke. »Ich fürchte mich nicht!«

»Das ist komisch«, sagt das Känguru. »Dann kannst du doch gar kein Rassist sein.«

»Weil Rassisten Angst vor Fremden haben, oder was?«, fragt der Dicke.

»Wir haben nur Angst, unsere deutsche Identität zu verlieren«, sagt der mit den Haaren.

»Was soll das denn sein?«, frage ich. »Die deutsche Identität?«

»Na, was typisch deutsch ist halt«, sagt der Dicke.

»Was ist denn typisch deutsch?«, fragt das Känguru.

»Bier!«, sagt der Große.

»Du meinst das vergorene Gesöff, das im Gebiet des heutigen Iran schon vor fünfeinhalbtausend Jahren getrunken wurde?«, fragt das Känguru.

»Fußball!«, sagt der Kleine.

»Du meinst die Sportart, die in China schon vor tausendvierhundert Jahren hip war?«

»Humorlosigkeit«, sagt der mit den Haaren.

»Ja. Na gut«, sagt das Känguru. »Aber ob das so verteidigenswert ist ...«

»Ich hab aber auch Angst, dass die Ausländer mir die Arbeit klauen!«, sagt der Dicke.

»Also mir hat noch nie jemand Arbeit geklaut«, sage ich. »Schön wär's. Ich habe im Gegenteil das Gefühl, dass einem Arbeit gerne mal heimlich untergeschoben wird.«

»Ehrlich gesagt«, sagt der Kleine, »ich bin ja Rassist, aber ... ich persönlich kenn eigentlich gar niemanden, dem ein Ausländer seinen Arbeitsplatz geklaut hat.«

»Ich hör wohl schlecht«, ruft der Dicke wütend.

»Das wird man ja wohl noch sagen dürfen!«, blafft der Kleine.

»Warum seid ihr eigentlich Rassisten?«, fragt das Känguru. »Du da, war dein Vater Rassist?«

»Was geht dich das an?«, fragt der Dicke.

»Das Känguru will vermutlich darauf hinaus, dass ihr nicht zwingend reproduzieren müsst, was euch euer soziales Umfeld vorgibt«, sage ich.

Die Nazis kucken nur.

»Soll ich das elaborieren?«, frage ich.

»Wisst ihr, was mein Vater war?«, fragt der Dicke. »Mein

Vater war Deutscher und kein minderwertiger Ausländer! Darauf kommt's doch an.«

»Das ist wirklich ein interessanter Satz von jemandem, der sich insgeheim selbst für minderwertig hält«, sagt das Känguru.

»Kannst du das elaborieren?«, fragt mich der mit den Haaren.

»Gerne«, sage ich. »Mir fällt dazu ein Schopenhauer-Zitat ein. Der alte Arthur schrieb: ›Die wohlfeilste Art des Stolzes ist der Nationalstolz. Denn er verrät in dem damit Behafteten den Mangel an individuellen Eigenschaften, auf die er stolz sein könnte, indem er sonst nicht zu dem greifen würde, was er mit so vielen Millionen teilt. Wer bedeutende persönliche Vorzüge besitzt, wird vielmehr die Fehler seiner eigenen Nation, da er sie beständig vor Augen hat, am deutlichsten erkennen. Aber jeder erbärmliche Tropf, der nichts in der Welt hat, darauf er stolz sein könnte, ergreift das letzte Mittel, auf die Nation, der er gerade angehört, stolz zu sein. Hieran erholt er sich und ist nun dankbarlich bereit, alle Fehler und Torheiten, die ihr eigen sind, mit Händen und Füßen zu verteidigen.‹«

Die Nazis kucken wieder.

»Hast du das auswendig gelernt?«, fragt das Känguru.

»Ich dachte, dass ich das bestimmt irgendwann mal gebrauchen könnte. Und ich hatte recht!«

»Äh … wo waren wir vor diesem Ausflug ins Grundstudium Philosophie?«

»Du wolltest mir erklären, dass ich minderwertig bin«, sagt der Dicke mit bedrohlichem Unterton.

»Falsch!«, sagt das Känguru. »Ich wollte dir erklären, dass du dich für minderwertig hältst. Das ist ein Unterschied.«

»Das Känguru meint«, sage ich, »dass der Hang, sich und die eigene Gruppe von anderen Gruppen abzugrenzen, meist mit stereotypen Ressentiments und Vorurteilen gegenüber den – in Anführungszeichen – ›Fremden‹ korreliert und dass diese Distanzierung der gefühlten Erhöhung des eigenen Identitäts- und Selbstwertgefühls dient. Diese scheinbare Aufwertung empfändet ihr aber natürlich gar nicht als nötig, würdet ihr nicht insgeheim befürchten, selbst minderwertig zu sein.«

»Wie war das im Mittelteil?«, fragt der Große.

Das Känguru seufzt.

»Warum hältst du deine Ausführungen nicht gleich auf Altgriechisch?«

»Ich bin also deshalb Rassist, weil ich mich selbst minderwertig fühle?«, fragt der Dicke.

»Sag du es mir«, sagt das Känguru. »Hast du was erreicht in deinem Leben? Bist du stolz auf deine Leistungen? Wo siehst du dich in fünf Jahren?«

Der Dicke grübelt.

»Habt ihr eigentlich schon mal darüber nachgedacht, dass Rassismus gar nicht das Mittel ist, das euch die Welt beherrschen lässt, sondern im Gegenteil ein Mittel, um euch zu beherrschen?«, frage ich.

»Nee«, sagt der Große.

»Ich möchte es mit einem Witz versuchen, den ich letztens gehört habe«, sagt das Känguru. »Ein Kapitalist … Ach was. Machen wir es nicht so abstrakt, sagen wir Donald Trump! Also: Donald Trump, einer seiner Wähler und ein Asylbewerber sind auf einer Grillparty. Auf dem Grill liegen hundert Würstchen. Trump nimmt sich 99 Würstchen und sagt zu seinem Wähler: ›Pass auf, der Asylant will dein Würstchen!‹«

»Du meinst, eigentlich sind nicht die Ausländer schuld an unseren Problemen, sondern der Kapitalismus?«, fragt der Kleine.

»Hm. Nun ja, das ist wohl eine Verallgemeinerung«, sagt das Känguru, »aber nicht falsch.«

Es greift in seinen Beutel, zieht eine Schnapspraline heraus und wirft sie dem Kleinen zu.

»Hier, für dich«, sagt es. »Ein Leckerli.«

Der Kleine fängt die Praline mit dem Mund auf.

»Au fein«, sagt er schmatzend.

Das Känguru reicht die Packung Schnapspralinen rüber, und alle vier bedienen sich.

»Hm. Ich denke …«, sagt der Große nach einer kurzen Weile.

»Das ist neu«, sage ich verwundert.

»Ich denke …«, sagt der Große.

»Jetzt mach dich nicht lächerlich!«, sagt der mit den Haaren.

»Ich denke, ich merke, wie ich dem zwanglosen Zwang des besseren Arguments erliege«, sagt der Große. »Sie meinen also, dass in unserer hierarchisch organisierten Gesellschaft soziale Unruhen unterprivilegierter Gruppen, die eigentlich auf die Beseitigung des Problemkerns, also die Abschaffung der kapitalistischen Ausbeutung und die Verwerfung althergebrachter patriachaler, religiöser und rassistischer Ideologien zielen sollten, dadurch abgelenkt werden, dass eben jene schädlichen patriachalen, religiösen und rassistischen Ideen als Quellen und Werte einer angeblichen Gemeinschaft wieder stark gemacht werden?«

Erstaunt starren die anderen Nazis, das Känguru und ich den Großen an.

»Aber diese Gemeinschaft ist nur ein Trug«, sagt der Große, »nur ein gigantisches Ablenkungsmanöver, denn es geht weder der AFD noch Trump oder Le Pen oder wie sie alle heißen um Chancengleichheit, Verteilungsgerechtigkeit oder gar echte Solidarität. Es geht ihnen ganz im Gegenteil darum, bestehende Ausbeutungsverhältnisse zu stützen, zu rechtfertigen und ihre Ursachen unkenntlich zu machen.«

»Äh …«, sagt das Känguru verwundert. »Ja, ungefähr das meinte ich.«

»Aber man kann sich halt nicht sicher sein, dass in einer Gruppe Flüchtlinge nicht auch Arschlöcher sind«, sagt der Dicke.

»Stimmt leider«, sagt das Känguru, »aber immerhin kann man sich sicher sein, dass in einer Gruppe Rassisten nur Arschlöcher sind.«

Der Große fängt plötzlich an zu schluchzen.

»Ich wollte eigentlich nie Rassist werden«, sagt er mit Tränen in den Augen.

Das Känguru nimmt ihn in den Arm.

»Na, na. Es zwingt dich ja keiner«, sagt es.

»Ich wollte eigentlich immer Lokomotivführer werden.«

»Wenn er nicht mehr Rassist sein will, will ich auch nicht mehr«, sagt der Kleine.

»Die Pforten der Erkenntnis haben sich mir geöffnet!«, sagt der Dicke und schlägt sich mit der Hand gegen die Stirn. »Es ist voll dumm, Nazi zu sein!« Er wendet sich zu dem mit den Haaren. »Verstehst du's nicht?«

»Doch, doch«, sagt der mit den Haaren. »Ich arbeite eh schon seit fünf Jahren für den Verfassungsschutz.«

»Was war in den Schnapspralinen?«, frage ich das Känguru leise.

»Das verrate ich nicht.«

»Was auch immer es war«, sage ich. »Ich will auch was davon.«

EINFACH SO

Während wir die Straße entlanglaufen, textet mich das Känguru mal wieder zu. Im Prinzip ist es, als hätte ich eine kleine persönliche Radiostation, die immer neben mir herläuft.

»Diese ganzen kleinen Maßnahmen, mit der die Regierung jetzt vorhat, das Rassismusproblem in den Griff zu kriegen …«, sagt es kopfschüttelnd. »Tss. Ich sage ja immer, wenn das Haus brennt, bringt es nicht viel, sich unter die Dusche zu stellen. Das ist doch wie …«

Als ein mittelgroßer, mittelalter Typ mit braunen Haaren an uns vorbeiläuft, hält das Känguru plötzlich an.

»Mensch, Didi!«, ruft es. »Schön, dich zu sehen!« Der Typ ist etwas stämmig, trägt keine Brille und keinen Bart, aber einen Vokuhila. Er bleibt stehen und schlägt seine Faust auf die Faust des Kängurus. Dazu sagen sie beide: »Kartoffel!« Dann ziehen sie schnell ihre Hände zurück, spreizen dabei ihre Finger auseinander und sagen: »Pommes!«

Darüber lachen sie. Ich knete mein Gesicht.

»Beuteltier«, sagt Didi. »Das ist aber geil, dass wir uns einfach so treffen. Wahnsinn!«

»Hölle, Hölle, Hölle«, murmle ich.

»So wie letztens auf der Demo«, sagt das Känguru. »Da haben wir uns auch einfach so getroffen.«

»Ja, geil, geil, geil«, sagt Didi.

Er reicht mir seine Hand.

»Und du auch hier«, sagt er.

»Ja«, sage ich. »Und du … äh … auch.«

»Dietmar Kötke«, sagt das Känguru lachend. »Alter Halunke. Wie geht's der Familie?«

»Gut, gut«, sagt Didi. »Heute hab ich meinem Kind eine wichtige Lektion erteilt. Ich hab seine Hausaufgaben aufgegessen.«

»Warum das denn?«, frage ich.

»Morgen wird es lernen, dass einem oft nicht geglaubt wird, gerade wenn man die Wahrheit sagt.«

Das Känguru lacht. »Klassisch Didi!«

»Und kannste dich noch an diese lahme Party vor ein paar Wochen erinnern?«, fragt Didi.

»Boah. War die lahm«, sagt das Känguru.

»Weißte, was mir im Nachhinein Witziges aufgefallen ist?«

»Nee«, sagt das Känguru neugierig. »Was denn?«

»Mir ist doch das Tütchen kaputtgegangen, wo die Trips drin waren«, sagt Didi. »Und dann hab ich die in das Röhrchen mit den Beruhigungspillen gekippt. Und die Beruhigungspillen hab ich in das leere Döschen von den Uppern. Aber das hatte ich vergessen. Verstehste? Das heißt, ich hab bei der Party Beruhigungspillen verteilt. Deshalb war die so lahm. Witzig, wa?«

»Superwitzig«, sagt das Känguru kichernd. »Totale Didi-Aktion.«

»Na ja. Ich muss leider weiter. Hab's echt eilig«, sagt Didi. »Dringende Geschäfte. Ihr wisst schon.«

»Na klar«, sagt das Känguru.

»Nee«, sage ich.

»Hau rein«, sagt das Känguru.

»Mach ich«, sagt Didi. »Macht's gut.«

»Mach's besser!«, ruft ihm das Känguru hinterher.

Als Didi außer Hörweite ist, sage ich: »Ich kannte den doch.«

»Meine Rede! Den Didi kennt jeder.«

»So ein Vollidiot«, sage ich.

»Du bist doch nur neidisch.«

»Auf was denn bitte?«

»Der Didi hat halt Storys, von denen träumst du nicht mal.«

»Zum Glück.«

ZWEI MISSIONARE

Vor dem Eingang eines Multiplexkinos protestieren zwei Missionare einer freakigen christlichen Sekte gegen einen der neuen Filme. Das Känguru hat sich freudig in ein Gespräch verwickeln lassen. Nachdem wir den beiden nun schon zehn Minuten zugehört haben, sagt das Känguru plötzlich: »Aha! Aber wer ist denn dieser Jesus eigentlich, von dem sie die ganze Zeit reden?«

»Jesus Christus ist Gottes Sohn«, sagt einer der Missionare verwundert.

»Aha«, sagt das Känguru. »Und dieser Gott war noch mal wer …?«

Der andere Missionar scheint fassungslos und beginnt etwas aufzusagen, was er auswendig gelernt hat: »Ich glaube an Gott, den Vater, den Allmächtigen, Schöpfer des Himmels und der Erde …«

»Ach, das ist ja ein lustiges Konzept«, sagt das Känguru. »Echt witzige Idee. Ein Typ, der die ganze Welt erschaffen hat. Auf so was Absurdes muss man erst mal kommen. Respekt. Da könnte sich vielleicht sogar Marvel dafür interessieren.«

»Also, ich kuck mir dann lieber den Film an, als mir das alles erzählen zu lassen.«

»… hinabgestiegen in das Reich des Todes. Am dritten Tage auferstanden von den Toten …«

»Na toll!«, sagt das Känguru kopfschüttelnd. »Voll der Spoiler.«

»Haben Sie übrigens schon mal in der Johannes-Offenbarung das Wort ›Tier‹ durch das Wort ›Bier‹ ersetzt?«, frage ich.

»Jetzt hör doch auf, die armen Leute zu veralbern«, sagt das Känguru. »Die haben doch an ihren Wahnvorstellungen eh schon ihr Kreuz zu tragen.«

Es zieht mich ins Kino.

»Hallo, junger Mann!«, grüße ich freundlich, als wir an die Ticketkasse herantreten.

»O nein. Die schon wieder«, stimmbrucht der Junge hinter der Kasse.

»Wir beide hier möchten gerne ins Kino«, fahre ich fort. Das Känguru nickt zustimmend.

»Welchen Film wollen Sie denn sehen?«, fragt der Junge.

»Was hätten Sie denn im Angebot?«, frage ich.

»In Saal 1 bis 7 läuft DC Marvels ›Jesus Christ Superhero‹. Das ist ein Film, in dem Jesus auf die Erde zurückkehrt. Als Superheld. Dort verbündet er sich mit den Avengers und der Justice League, um gegen den leibhaftigen Teufel zu kämpfen. In dem Film treten über hundert Superhelden auf. Es spricht sogar jeder einen Satz. Iron Man sogar zwei. In den restlichen Sälen läuft eine Komödie über Männer und Frauen mit Til Schweiger oder dem anderen.«

»Aha«, sage ich. »So wie's im Programm steht.«

»Ja.«

»Schade.«

»Warum?«

»Nun ja«, sage ich, »sehen Sie, junger Mann, ich mag allerlei Filme. Lustige, traurige, anspruchsvolle, alberne, groteske, spannende, gruselige, informative, politische, sogar romantische! Aber im Allgemeinen kann man sagen, dass ich Filme mag, bei denen ich nicht schon nach den ersten fünf Minuten kotzen möchte.«

Wieder nickt das Känguru zustimmend.

»Mögen Sie keine Superhelden?«, fragt der Junge.

»Na, hören Sie mal!«, sage ich. »Was versuchen Sie mir da zu unterstellen? Ich habe nichts gegen Superhelden! Einige meiner besten Freunde sind Superhelden!«

»Jetzt hör mal zu, Junge«, sagt das Känguru. »Ja, wir kucken auch mal gerne einen Superheldenfilm. Und wir essen auch gerne mal Popcorn. Aber wir wollen uns nicht ausschließlich von Popcorn ernähren. Verstehst du das nicht?«

»Nachmittags läuft auch noch die Realverfilmung der Schlümpfe«, krächzt der Junge. »Aber erst morgen wieder.«

»Ach. Dann werden wir morgen Nachmittag wiederkommen«, sage ich. »Danke.«

»Kein Problem.«

»Das war nur ein Scherz«, sagt das Känguru.

»Was ist hier los? Warum geht es in dieser Schlange nicht voran?«, dringt nun eine neue Stimme an mein Ohr. Die Stimme hat ein Jackett an, und das Jackett trägt ein Schildchen: Boxoffice Supervisor.

»Den beiden gefällt unser Filmangebot nicht«, sagt der Junge.

»Wenn's Ihnen nicht passt, gehen sie doch woanders hin«, blafft der Mann.

»Wir waren woanders«, sagt das Känguru. »Das hier ist schon das dritte Kino!«

»Wir zeigen hier die gefragtesten und erfolgreichsten Filme«, sagt der Supervisor.

»Aber die sind scheiße!«

»Dazu kann ich mir keine Meinung erlauben. Das ist eine

marktdemokratische Entscheidung. Wir müssen zeigen, was die Leute kucken wollen.«

»Quatsch! Die Leute müssen kucken, was ihr zeigt!«, ruft das Känguru dazwischen.

»Na toll«, sage ich. »Jetzt regt es sich wieder auf. Vielen Dank.«

»Marktdemokratische Entscheidung, DEINE OMA!«, flucht das Känguru. »Wenn ich das schon höre. So ein Schwachsinn. An wen kann ich mich denn wenden, wenn ich einen Fair-Trade-Computer kaufen möchte, hm? Wo ist das soziale Netzwerk, das mich nicht ausspioniert? Warum gibt es keine Schnapspralinen mit echtem Korn! Als ob tatsächlich die Nachfrage das Angebot bestimmen würde!«

Ich ziehe das Känguru mit mir aus dem Kino.

»Im Marketing-Kapitalismus«, ruft es zwischen Tür und Angel, »unterwirft sich das Angebot die Nachfrage! Das ist die Wahrheit!«

Vor dem Kino treffen wir wieder auf die zwei Missionare.

»Ich wusste nicht, dass ihr Kollegen seid«, sagt der eine. »Sonst hätten wir euch vorhin nicht so zugetextet.«

»Für wen missioniert ihr denn?«, fragt der andere.

»Für das Asoziale Netzwerk«, sage ich.

»Und wie zahlen die so?«, fragt der Missionar. »Wenn ich fragen darf?«

»Das Asoziale Netzwerk bezahlt in der härtesten Währung«, sagt das Känguru. »Gute Argumente.«

»Nach meiner Erfahrung sind die selten was wert«, sagt der Missionar.

»Zugegeben«, sage ich. »Der Wechselkurs schwankt enorm.«

EIN PROBLEM

Ich sitze in der Küche und trinke Kaffee. Das Radio läuft.

»Heute«, sagt der Sprecher, *»führe ich wieder ein Interview mit einer durch und durch uninteressanten Person. Frau Meier, was macht Sie so uninteressant?«*

»Nun, ich arbeite in einem Büro.«

»Am Computer?«

»Ja. Mit Excel.«

»Das ist tatsächlich schon mal sehr uninteressant.«

»Ja.«

»Und was machen Sie in Ihrer Freizeit?«

»Ich habe zwei Hobbys. Nämlich Fernsehkucken und das zweite habe ich vergessen.«

»Und haben Sie Probleme?«

»Ja. Geldsorgen.«

Der Sprecher gähnt.

»Ich bin auch verheiratet«, sagt Frau Meier, *»und mein Mann ist noch uninteressanter als ich.«*

»Schwer vorstellbar.«

»Ist aber die reine Wahrheit.«

Das Känguru kommt in die Küche.

»Ist dir auch schon mal der Verdacht gekommen, dass es mehr Sendeplätze als Inhalte gibt?«, frage ich und mache das Radio aus.

»Ich habe ein Problem«, sagt das Känguru ernst.

»Da bist du nicht allein«, sage ich. »Sogar Frau Meier hat Probleme. Alle haben Probleme. Es gibt garantiert irgendwo auf der Welt auch Leute, die genau dasselbe Problem haben wie du. Und die haben sicherlich ein Forum im Internet. Also warum wendest du dich nicht gleich an die statt an mich.«

»Ich habe gestern«, sagt das Känguru, »als der Himmel so wolkig war, einen Regenschirm in meinen Beutel gepackt, und der ist gerade aus Versehen aufgegangen und hat sich unter dem Fotostativ verklemmt, das ich heute früh im Park … gefunden habe.«

»Na ja«, sage ich, »vielleicht gibt es doch niemanden, der genau dasselbe Problem hat wie du.«

PRAKTIKUM

Ich sitze mit dem Känguru im Büro einer großen Werbeagentur in Berlin-Mitte. Leider sitzen wir auf der falschen Seite des Schreibtischs. Auf der richtigen Seite sitzt eine furchtbar verbissene Frau. Halb auf einer Kante des Schreibtisches sitzt ein ekelhaft lockerer Typ. Sein Schritt ist ungefähr auf Höhe meines Gesichts. Er ist Rechtsträger. Ich mache ein Foto.

»Also, was genau wäre denn mein Aufgabenbereich?«, fragt das Känguru.

»Ich möchte ehrlich sein«, sagt der Mann lächelnd. »Mit dem eigentlichen kreativen Prozess an sich wirst du nicht soooo viel zu tun haben. Es geht bei dieser Praktikumsstelle erst mal mehr um Anrufe beantworten, Briefe öffnen, Kaffee kochen und, na ja, freitags das Büro putzen.«

»Was dem Gutsherrn der Sklave war, ist dem Werbefachmann der Praktikant«, sagt das Känguru.

»Du hast Humor«, sagt der Typ. »Das gefällt mir.«

Er lächelt und greift sich entspannt in den Schritt. Doch kein Rechtsträger, denke ich. Mal so, mal so. Ich stehe auf, gehe etwas zurück und mache ein Foto. Kurz blickt mich die Frau irritiert an, dann sagt sie zum Känguru: »Es versteht sich wahrscheinlich von selbst, dass wir aufgrund der aktuellen Wirtschaftslage kein Gehalt zahlen können.«

»Ich dachte, die Wirtschaft brummt gerade«, sage ich.

»Ja, aber wie lange noch?«, fragt die Frau. »Wir alle müssen nachhaltig wirtschaften.«

»Ich hatte mir unter nachhaltig immer etwas anderes vorgestellt«, sagt das Känguru.

»Wahrscheinlich sollte ich das jetzt nicht erwähnen«, sagt der Mann, »das ist ja eine kleine Indiskretion, aber ich mag dich«, kurz wendet er sich an seine Kollegin, »ein Beuteltier als Praktikant, das wäre doch irgendwie knuffig«, er blickt wieder zum Känguru, »deshalb erwähne ich, dass eine Mitbewerberin von dir uns angeboten hat, jeden Monat zweihundert Euro an die Firma zu überweisen. Kannst du dir das auch vorstellen?«

»Nee«, sagt das Känguru. »Wirklich nicht.«

Ich mache noch ein Foto.

»Was macht dieser Typ überhaupt hier?«, fragt die Frau.

Das Känguru steht auf und sagt:

»Er dokumentiert fürs Jobcenter, dass ich wirklich bei Ihnen gewesen bin.«

»Außerdem habe ich noch ein persönliches Anliegen«, sage ich.

»Ja?«, fragt der Mann.

»Ist ihre Agentur nicht verantwortlich für die Werbekampagne dieser Autowerkstattkette? Die Plakate mit der Frau, die eine Banane im Mund hat, und dazu der Slogan: ›Unser Service wird sie wegblasen!‹«

Der Mann lacht.

»Ja, das war sogar meine Idee.«

»Kennen Sie eigentlich auch dieses Gefühl«, frage ich, »wie soll ich es beschreiben ... Manchmal, da sieht man eine unglaublich dumme Werbung, und man verspürt einfach den starken Wunsch, denjenigen, die sich das ausgedacht haben, hart aufs Maul zu schlagen.«

Der Mann blickt mich verunsichert an. Ich blicke entschlossen zurück. Das Känguru holt seine Boxhandschuhe aus seinem Beutel.

»Zu Ihrem Glück lehne ich jede Gewalt ab«, sage ich.

»Ich nicht«, sagt das Känguru und verpasst dem Typ einen Haken, der ihn vom Schreibtisch fegt. Ich gebe dem Mann unsere Visitenkarte. Darauf steht:

»Das war ein Antiterroranschlag des Asozialen Netzwerks.«

»Mich hatte die Kampagne auch nie richtig überzeugt«, sagt die Frau hinter dem Schreibtisch und verkneift sich ein Lächeln.

Der Typ rappelt sich auf.

»Ich werde Sie verklagen!«, ruft er dem Känguru zu.

»Mach dich nicht lächerlich, Jan«, sagt die Frau. »Wir alle hier wissen doch, wie das Publicity-Spiel läuft. Wer den Schaden hat, braucht für den Spott nicht zu sorgen. Dieser Vorfall ist viel zu peinlich für uns. Damit werden wir sicher nicht an die Öffentlichkeit gehen.«

»Gut zu wissen«, sagt das Känguru und verpasst Jan noch ein blaues Auge.

Als ich eine Woche später von einer kleinen Tour zurückkomme, finde ich das Känguru in der Küche.

»Wer ist denn der Typ an der Kaffeemaschine?«, frage ich.

»Das ist Björn«, sagt es.

»Und wer ist Björn?«

»Björn macht bei uns ein Praktikum.«

»Milch und Zucker?«, fragt Björn.

»Was soll das?«, frage ich das Känguru. »Schwarz«, sage ich zu Björn.

»Nun, ich dachte«, sagt das Känguru, »nur weil das Ministerium für Produktivität das vorschlägt, muss ich doch noch lange nicht Praktikant werden. Nee, ich stell mir lieber selber einen Praktikanten ein. Auch ich hab genügend blöde Aufgaben zu verteilen.«

»Aha«, sage ich. »Kann Björn dann vielleicht mal das Bad putzen?«

»Nee«, sagt das Känguru. »Das macht Jannis.«

»Wer ist Jannis?«

»Jannis ist der Praktikant, der das Bad putzt.«

»Du hast mehrere Praktikanten eingestellt?«

»Ich habe einen Praktikanten eingestellt, der den Abwasch macht, einen, der ans Telefon geht und die Marktforschungsinstitute beschimpft, und einen, der vor der Tür steht und immer, wenn sich jemand dem Briefkasten nähert, ›Keine Werbung bitte‹ sagt.«

»Ich hatte mich schon gewundert, was das für ein komischer Typ ist.«

»Und dann gibt es natürlich noch Paula.«

»Was macht Paula?«

»Paula ist die Praktikantin, die mir neue Praktikanten einstellt«, sagt das Känguru, »die mir dann selbst wieder neue Praktikanten einstellen, die mir noch mehr Praktikanten einstellen, und zwar bis alle Menschen Praktikanten sind! MEINE PRAKTIKANTEN!«

Das Känguru lacht diabolisch.

»Mit anderen Worten, du machst dasselbe wie jeden Tag«, sage ich.

»Ich versuche die Weltherrschaft an mich zu reißen!«

»Und wie läuft's so?«

»Paula!«, ruft das Känguru. »Paula! Antreten!«

Eine hochgewachsene Mitte-30-Jährige kommt aus ihrem Büro in der Vorratskammer.

»Bericht, Paula!«, sagt das Känguru.

»Ja, Eure Hoheit«, sagt Paula. »Gerne, Eure Hoheit. Also, die ersten drei Bewerber heute habe ich erst mal ordentlich zusammengestaucht, wie sie auf die Idee kämen, hier ohne abgeschlossenes Studium zum Bewerbungsgespräch anzutanzen.«

»Inzwischen arbeiten schon zwei Doktoranden, vier Diplomierte und ein Juniorprofessor für mich«, erklärt mir das Känguru. »Der Herr Professor ist seit Anfang der Woche an Bord, und inzwischen schmeckt der Kaffee einigermaßen leidlich.«

»Ich gebe mir Mühe«, sagt Björn geschmeichelt.

»Praktikanten aller Länder …«, rufe ich durch die Wohnung.

»Untersteh dich«, zischt das Känguru.

DER GROSSE LEBOWSKI-ABEND

Wir laufen vom Schlesischen Tor nach Hause.

»Dein Schuh ist übrigens offen«, sagt das Känguru.

Ich reiche dem Känguru den Karton mit meiner Minipizza.

»Halt mal kurz«, sage ich und bücke mich zu meinem Schuh.

»Das ist einer der seltenen Momente, in denen ein ›Halt-mal-kurz‹ nach hinten losgehen kann«, sagt das Känguru und verschlingt mein Pizzastück.

Mein Schuh war gar nicht offen.

»Ey!«, sage ich, aber das Känguru ist wie das Leben. Es geht einfach weiter. Und ich laufe hinterher.

»Was machen wir eigentlich heute Abend noch?«, frage ich.

»Du baust 'ne Tüte, ich mixe White Russians, wir schauen *The Big Lebowski* und gehen danach bowlen«, sagt das Känguru. »Guter Plan, wa?«

»Das ist kein guter Plan«, sage ich. »Das ist ein großartiger Plan. Das ist ein bekackt genialer Plan, den solltest du einrahmen. Der ist so genial wie eine Schweizer Uhr.«

»Müssen wir nur noch kurz einkaufen gehen.«

Gleich nach Betreten der Brachfläche, die sich irreführenderweise Görlitzer »Park« nennt, nähert sich uns ein geschäftstüchtiger junger Mann.

»Hey! Braucht ihr was?«, fragt er.

»Was bieten Sie denn feil?«, fragt das Känguru.

»Tupperware, Teflonpfannen, Stabmixer«, sagt der Mann. »Haushaltswaren aller Art.«

»Oh«, sage ich überrascht, »... also ... äh ... ich überlege tatsächlich schon lange, ob ich nicht so einen Stabmixer ...«

»Alter! War nur Quatsch!«, sagt der Mann. »Ich verkaufe Drogen.«

»Ah. Ach so«, sage ich. »Auch nicht schlecht. Wir, äh, bräuchten was für einen Themenabend.«

»*Scarface*, *Trainspotting* oder *Fear and Loathing in Las Vegas*?«

»Ich dachte eher an *The Big Lebowski*«, sage ich.

»*Lebowski*, *Cheech & Chong*, *Easy Rider* ... Kinderkram. Das macht alles der Kollege im Bademantel da drüben.«

»Der da?«, frage ich.

»Nee. Der macht *Requiem for a Dream*. Nicht verwechseln, die beiden. Böser Fehler. Ich könnte euch aber noch *Pulp Fiction* anbieten.«

Das Känguru blickt mich fragend an.

»Nee danke«, sage ich. »Ich hab keinen Bock, schon wieder tanzen zu gehen.«

Plötzlich dreht sich der Mann um und schlägt wild in die Luft.

»Diese verdammten Fledermäuse ...«, flucht er.

»Der hat wohl Lektion Nummer zwei vergessen«, flüstert das Känguru und zieht mich weg. »Don't get high on your own supply.«

Wir gehen auf den Kollegen im Bademantel zu.

»Lebowski«, sage ich. »Themenabend.«

»Kein Problem, Dude«, sagt der Mann und öffnet seinen Bademantel. »Gras, Wodka, Kahlúa, Tetra Pak H-Milch. Hab ich alles da.«

»Kann ich mit Scheck bezahlen?«, frage ich.

»Klar. Scheck, Kreditkarte, Paypal. Geht alles. Ich schreib dir auch gerne Punkte gut auf deiner Payback-Karte. Ich hab sogar ein kleines Heft, da mach ich dir Stempel rein, und der zehnte Einkauf ist umsonst!«

»Echt? Cool!«

»Alter! Du willst Drogen kaufen!«, sagt der Mann. »Du musst bar bezahlen!«

»Verstehe.«

»Wie viel brauchst du?«

»Na ja. Für mich und das Känguru hier«, sage ich.

»Alter, ist ja nicht mein Business, aber wenn du schon Kängurus siehst, solltest du vielleicht nicht noch mehr einwerfen.«

Ich blicke verwundert auf das Känguru.

»Sehen Sie das Känguru denn nicht?«, frage ich.

»Klar sehe ich das Känguru«, sagt der Mann. »Aber ich sehe allerhand abgefahrenen Scheiß, und die Erfahrung hat mich gelehrt, dass vieles davon nicht wirklich da ist. Gerade lese ich zum Beispiel ein Buch über einen Typen, der mit einem Känguru in einer WG wohnt, und jetzt sehe ich halt ein Känguru. Aber immer noch besser als letzte Woche. Da habe ich *Er ist wieder da* gelesen und überall Hitler gesehen.«

»Ich, ähm«, ich räuspere mich, »ich habe das Buch geschrieben.«

»Das mit Hitler?«

»Nein!«, sage ich. »Das mit dem Känguru.«

»Echt?«, fragt der Mann.

»Ja«, sage ich. »Ähm … und … also … darf ich fragen: Wie hat es Ihnen … nun … also … wie hat es Ihnen denn gefallen?«

»Viel Schönes dabei«, sagt der Mann. »Aber weißte, was ich gedacht habe? Ihr Künstler schafft nicht nur Unterhaltung. Ihr schafft auch role models, also Vorbilder. Ist dir das klar?«

Ich blicke nervös auf das Känguru, welches gerade einem auf einem Bierbike vorbeifahrenden Junggesellenabschied einen dicken Stock in die Speichen wirft. Das Bierbike kommt abrupt zum Stillstand, und einer der Betrunkenen purzelt fast wie in Zeitlupe von seinem Sitz. Das Känguru zieht einen Wertungsblock aus seinem Beutel und vergibt eine 5,9.

»Nur so zum Beispiel«, fährt der Dealer fort. »Wenn du über Figuren schreibst, die es cool finden, Drogen zu nehmen, legst du damit auch deinen Lesern nahe, dass es cool ist, Drogen zu nehmen.«

»Ich muss zugeben, eine vonseiten eines Drogendealers unerwartete Kritik«, sage ich.

»Ich wäre doch niemals Dealer geworden, wenn ich damals als Teenager nicht David Bowie und Iggy Pop so cool gefunden hätte«, sagt der Mann.

»Also, Moment mal«, sage ich. »Ich glaube, Sie machen da die Kunst zum Sündenbock verfehlter … äh … privater und politischer Entscheidungen. Die Glorifizierung von Exzess und Gewalt in der Kunst ist nur ein Spiegel der Gesellschaft und hat keine nennenswerte Rückwirkung auf die reale Welt.«

»Ey, du bist derjenige, der bei mir für einen Themenabend einkauft«, sagt der Drogendealer. »Du musst es wissen.«

EIN GANZ MIESER TRICK

»Du hattest doch versprochen, dass du die Rumpelkammer des Schreckens aufräumst«, sagt das Känguru.

»Hast du gewusst«, frage ich, »dass wenn man 111.111.111, also eine Zahl mit neun Einsen, mit sich selbst multipliziert, dass dann 12.345.678.987.654.321 herauskommt, also eine Zahl, in der die Ziffern von 1 bis 9 erst auf- und dann wieder absteigen? Faszinierend, oder?«

»Wo hast du denn diese Information her?«, fragt das Känguru. »Gibt's da ein Buch: *Spaß für Mathe-Nerds*?«

»Letztens habe ich eine interessante Nachricht gelesen«, sage ich. »Man hat ja rausgefunden, dass Neil Armstrong gedopt war. Deshalb ist jetzt offiziell Buzz Aldrin der erste Mensch auf dem Mond.«

»Wie bitte?«

»Hab ich gelesen«, sage ich. »Mein Opa war ja übrigens Schneidermeister.«

»Was hat denn das eine mit dem anderen zu tun?«

»Und er hatte einen Gesellen, der hieß Erwin Feierabend. Das war ziemlich unpraktisch, denn jedes Mal wenn er ihn zu sich rief, hat der Rest der Belegschaft für den Tag Schluss gemacht.«

»Ich habe übrigens durchschaut, was du hier tust«, sagt das Känguru. »Du versuchst mich abzulenken.«

»Quatsch«, sage ich. »Aber sag mal, glaubst du eigentlich

auch, dass die Barbiepuppe nach dem als ›Schlächter von Lyon‹ bekannten Naziverbrecher Klaus Barbie benannt wurde?«

»Du machst das nicht schlecht, aber ich habe mein Anliegen noch nicht vergessen.«

»Anfang der 50er-Jahre waren ja 90 % der Mitarbeiter im Auswärtigen Amt der BRD Nazis, also ehemalige NSDAP-Parteimitglieder.«

»Und was soll der Fun an diesem Fun Fact sein?«, fragt das Känguru.

»Der Prozentsatz war damit sogar höher als unter Hitler.«

»Hast du dir das auch ausgedacht, wie den Unsinn über Neil Armstrong?«

»Leider nein.«

»Das ist wirklich bezeichnend für den Nachkriegswesten«, sagt das Känguru empört, »lauter Altnazis in Entscheidungspositionen, aber sich in einer moralischen Überlegenheit wähnen und …«, das Känguru hält plötzlich inne, »… außerdem wolltest du die Rumpelkammer aufräumen!«

»Fast hatte ich dich«, sage ich.

»Du sollst jetzt aufräumen!«, sagt das Känguru.

»Das erinnert mich daran, was der Superheld, den ich mir ausgedacht habe, immer sagt«, erwidere ich. »Ich habe mir nämlich einen Superhelden ausgedacht.«

»Interessiert mich nicht.«

»Wirklich nicht?«

Das Känguru seufzt.

»Doch, okay. Wie heißt dein Superheld?«

»Migränemann.«

»Migränemann?«

»Ja. Also eigentlich natürlich: Migraine-Man!«

»Hm.«

»Ich find's superwitzig«, sage ich. »Stell dir vor, Migraine-Man liegt in seiner Migränehöhle, der Migraine-Cave, alles verdunkelt, keine Geräusche, dann kommt sein Sidekick, Headache-Boy, herein und ruft: ›Schnell! Migraine-Man!‹ Und Migraine-Man stöhnt: ›Nicht so laut bitte.‹ Headache-Boy flüstert also: ›Aber Migraine-Man! Du musst die Welt retten.‹ Und Migraine-Man stöhnt: ›Uh, sorry. Heute geht gar nicht. Hat das nicht Zeit bis morgen?‹«

»Nein, es hat keine Zeit bis morgen. Du hast schon vor Wochen versprochen …«

»Der Vater von Max Ernst hat ja auch gemalt«, sage ich. »Hast du das gewusst?«

»Nein, es ist mir auch …«

»Einmal hatte er seinen Garten gemalt. Dann bemerkte er, dass er einen Ast vergessen hatte. Leider passte der Ast nicht recht in seine Komposition. Also ging er los und sägte den Ast ab.«

»Das ist eine sehr schöne Anekdote«, sagt das Känguru anerkennend.

»Nicht wahr?«

»Weißt du, woran sie mich denken lässt?«

»Nein. Woran?«

»Dass du die Rumpelkammer aufräumen wolltest.«

»Du bist aber eine harte Nuss.«

»Spielschulden sind Ehrenschulden«, sagt das Känguru. »Du hast dich verbindlich verpflichtet, die Rumpelkammer aufzuräumen.«

»Ja«, sage ich und seufze. »Du hast recht. Ich werde es tun.«

Das Känguru nickt zufrieden. Ich lächle.

»Oah!«, ruft das Känguru plötzlich. »Ich weiß, was du tust! Du leistest den unüberwindlichen Widerstand der folgenlosen Zustimmung!«

Ich lächle.

»Das ist gemein!«, ruft das Känguru. »Du nimmst meiner Kritik den Wind aus den Segeln, indem du mir zustimmst, aber du lässt der Zustimmung keine Taten folgen! Das ist ein ganz mieser Politikertrick! Die versprechen auch immer Klimaschutz und Transparenz und Entwicklungshilfe und was weiß ich! Aber sie versprechen nur und tun dann nix!«

Ich lächle und forme mit meinen Händen eine Raute vor meinem Bauch.

»Scheiße«, sagt das Känguru kopfschüttelnd und hüpft zur Rumpelkammer. »Alles muss man selber machen.«

KLOLEKTÜRE

»Brauchst du noch lange?«, fragt das Känguru und trommelt gegen die Badezimmertür.

»Bisschen«, sage ich.

»Was machst du da drin?«

»Was werde ich schon tun? Ich bin auf dem Klo.«

»Was liest du dabei?«

»Ich lese nichts.«

»Na klar, du zupfst dir die Augenbrauen, oder wie? Was liest du?«

»Nichts.«

»Liest du meine Comics?«, fragt das Känguru aufgebracht.

»Nein.«

»Was liest du dann?«

Ich seufze.

»Rilke«, sage ich und verschaffe mir damit einen kurzen Moment der Stille.

»Manchmal mache ich mir Sorgen um dich«, sagt das Känguru.

»Zu Recht.«

»Hast du gewusst, dass man sich auch von Rilke erzählt, dass er immer auf dem Klo Gedichte gelesen hat?«, fragt das Känguru.

»Tatsächlich?«

»Ja, und das hat später interessanterweise dazu geführt,

dass Rilke, immer wenn er ein Gedicht gehört hat, aufs Klo musste«, sagt das Känguru. »Gerade für einen Mann wie Rilke war das natürlich sehr unpraktisch.«

»Musst du aufs Klo?« frage ich.

Das Känguru trommelt gegen die Tür. »Jetzt komm da raus!«

Ich deklamiere:

»Das Känguru

Seine Blase ist vom Vorübergehn an der Tür
so müd geworden, als ob sie kein' Platz mehr hätt.
Ihm ist, als könnt es tausend Türen spüren
und hinter tausend Türen kein Klosett.«

Die Tür wummert, als das Känguru dagegenspringt.

»Wer jetzt kein Häuschen hat«, sage ich, »baut sich keines mehr.«

»Haha. Ich lach mich scheckig.«

»Das sähe bestimmt ulkig aus.«

»Ist dir eigentlich klar, dass total viele Leute *deine* Bücher als Klolektüre benutzen?«

»Habe davon gehört«, sage ich. »Und all jenen Menschen möchte ich an dieser Stelle zurufen: Erwischt!«

Das Känguru seufzt.

»Ich hatte übrigens gerade eine Geschäftsidee«, sage ich.

»Du?«

»Ja. Ein Adventsklolender mit vierundzwanzig Bildern von Klotüren und hinter jeder ein Foto von einer Person, die auf Toilette sitzt und ein überraschtes Gesicht macht, weil man gerade die Tür geöffnet hat.«

»Die Idee ist so doof, dass sie sich bestimmt gut verkaufen würde«, sagt das Känguru im Weggehen. »Mach doch mal 'nen Businessplan.«

Eine halbe Stunde später komme ich ins Wohnzimmer und stecke den ausgelesenen Gedichtband in eine Stoppersocke, damit er nicht vom schiefen Regalbrett rutscht.

»Bad ist frei«, sage ich.

»Ich muss nicht«, sagt das Känguru. »Mir war nur langweilig.«

DOOFE KOMMENTARE

Wir fahren ganz gemütlich mit dem Fahrrad durch die Stadt.

»Ey, ihr Wichser!«, ruft ein Mann uns hinterher. »Zum Radfahren wurden extra Fahrradwege erfunden!«

»Und für doofe Kommentare«, ruft das Känguru zurück, »wurde extra das Internet erfunden!«

»Witzig! Das muss ich gleich posten«, sage ich und ziehe mein Smartphone aus der Hosentasche, kurz bevor ich mit einem entgegenkommenden Radfahrer kollidiere, der einen Film auf seinem Tablet schaut.

DIE LINIE

Das Känguru stolpert aus Hertas Kneipe, ich laufe hinterher. Auf einen Billardqueue gestützt, humpelt es zur nächsten Grünfläche und kotzt ins Gestrüpp. Angewidert schaue ich zu.

»Und was machen wir jetzt mit dem *angebrochenen* Abend?«, frage ich. »Ich hab noch eine Stunde, bis ich meinen Agenten treffe.«

»Wir könnten in die Zukunft gehen!«, sagt das Känguru.

»Och nee«, sage ich. »Nicht schon wieder.«

Bei uns um die Ecke haben drei neue Klubs aufgemacht. Einer heißt »Die Vergangenheit«, einer »Die Gegenwart« und der dritte ...

»Die Zukunft!«, ruft das Känguru. »Lass uns in die Zukunft gehen.«

»Aber in der Vergangenheit läuft viel bessere Musik«, sage ich.

»Heute ist aber Modern-Techno-Party in der Zukunft«, sagt das Känguru. »Haste Bock?«

»Ich habe da zufälligerweise ein Gedicht geschrieben, das sehr schön zu deiner Frage passt«, sage ich und deklamiere:

»Ecstasy ist ja bekanntlich eine sehr böse Droge,
die Gehirnzellen tötet, und ein bekannter Toxikologe
fand nun heraus: ›Primär *der* Gehirnteil wird ein Wrack,
der zuständig ist – für den Musikgeschmack.‹«

»Heißt das nein?«, fragt das Känguru.

»Ja. Außerdem streiten wir uns in der Zukunft jedes Mal.«

Mir gefällt nämlich die utopische Dachterrasse, aber das Känguru will immer im dystopischen Untergeschoss abhängen.

»Wir könnten in die Gegenwart gehen«, schlage ich vor. »Als Kompromiss.«

»Pah«, sagt das Känguru. »Ein Kompromiss ist eine klassische Lose-lose-Situation. Eine Lösung, mit der keiner happy ist. Genau das ist die Gegenwart! Das kleinstmögliche Glück für die größtmögliche Zahl!«

»Aber ich habe mich mit meinem Agenten eh schon in der Gegenwart verabredet und deshalb …«

»Warum trefft ihr euch überhaupt?«

»Äh … sag ich nicht.«

»Wie? Sagst du nicht?«

»Sag ich dir nicht.«

»Dann sag ich dir auch was nicht«, sagt das Känguru.

»So? Was denn?«

»Sag ich nicht.«

»Du hast doch gar nichts, was du mir nicht sagst.«

»Wohl habe ich was. Sogar eine wirklich außerordentlich krasse Sache.«

»Also gut«, sage ich. »Erzähl's mir. Dann erzähle ich's auch.«

»Du zuerst.«

»Dieses Spiel ist mir wirklich zu blöd.«

»Du musst ja nicht mitspielen.«

Ich seufze.

»Na, von mir aus. Ich treffe mich mit meinem Agenten und einem Konzernheini.«

»Abends in einem Klub?«

»Der Konzern will hip werden. Deswegen haben sie mir ja

auch ein ziemlich lukratives Angebot für eine Werbekampagne gemacht und …«

»Die haben dich gefragt, ob du bei einer Werbekampagne mitmachst?«

»Die haben gesagt, ich sei ein Influencer!«

»Du hast ja wohl 'nen Schaden!«, ruft das Känguru fassungslos. »Ich hab mich wohl verhört.«

»Siehst du, deswegen wollte ich es nicht erzählen, weil ich ja eh nicht …«

»Dir ist schon klar, dass Werbung eines der Grundübel ist, an denen unsere Gesellschaft gerade erstickt?«, ruft das Känguru.

»Jetzt bleib mal locker.«

»Dir ist klar, dass eine lückenlose Kausalitätskette von der Werbung in die Apokalypse führt?«

»Nein, das war mir nicht klar.«

»Werbung ist der einzige Daseinsgrund von Privatfernsehen und Facebook! Ohne Privatfernsehen keine auf simpelste Reize setzenden, billigen Verblödungssendungen. Ohne Facebook und seine Personalisierungsalgorithmen bekäme nicht jede Idiotenfraktion laufend eine ihre Idiotie verstärkende Eigen-Meinungs-Infusion. Ohne Skandal-TV und Echokammern für Idioten aber gäbe es keine AFD, keinen Brexit, keinen Trump, keine Apokalypse.«

»Ich möchte ja gar nicht …«

»Wie konnte ich mich nur all die Jahre so in dir täuschen?«, ruft das Känguru. »Du Nutte!«

»Bitte?«, frage ich fassungslos.

»Nein! Du bist schlimmer als eine Nutte!«, ruft das Känguru. »Eine Prostituierte ist meist Opfer der Umstände. Sie wird dazu gezwungen oder braucht das Geld zum Überleben. Aber du prostituierst dich grundlos, du Salonbolschewist.«

»Ey! Selber!«, rufe ich.

»Du wagst es, mich Salonbolschewist zu nennen? Sehr schlagfertig übrigens.«

»Ich will ja gar nicht …«

»Kotzt es dich nicht selbst an, dass man inzwischen in der Werbepause mehr Stars sieht als im Film?«, fragt das Känguru, »Clooney, der Kaffee trinkt, und Jolie, die sich einparfümiert, Shakira, die sich die Zähne bleicht, und der Typ von Lost, der ins Cool Water springt?«

»Ja, das finde ich schon Banane, aber …«

»Apropos. Lutschst du für deine Kampagne dann auch an einer Banane rum? Das fände ich sehr passend.«

»Wenn du mich mal ausreden lassen würdest …«

»Diesmal bist du einen Schritt zu weit gegangen!«, ruft das Känguru. Es zeichnet mit seiner Pfote einen Strich zwischen uns. »Hier ist die Linie!«, sagt es. Dann deutet es auf mich jenseits der Linie. »Und da bist du!«

»Was für eine Linie denn?«

»Jetzt sag ich dir mal was«, sagt das Känguru. »Jetzt sage ich dir, was ich dir nicht sagen wollte. Bei Didi in der WG ist nämlich ein Zimmer frei geworden, und er hat mich gefragt, ob ich nicht Lust hätte, bei ihm einzuziehen. So.«

Es entsteht eine kurze Pause, in der mein Gesicht in kurzer Abfolge einen Großteil der ihm verfügbaren Ausdrücke annimmt.

»Bitte was?«, frage ich schließlich.

»Ja«, sagt das Känguru. »Und nach allem, was ich gerade erfahren musste, bin ich geneigt, das Angebot anzunehmen!«

Wieder diese kurze Pause.

»Weißt du was?«, rufe ich dann. »Du kannst mich mal! Dann zieh doch bei Didi ein, wenn du den so geil findest. Mir doch egal. Im Gegenteil! Ich freu mich! Endlich habe ich meine Ruhe. Und nur damit du es weißt, ich hatte nie vor, bei der Werbekampagne mitzumachen. Ich wollte mir nur mal diesen Typ ankucken. Aber weißt du was? Jetzt mache ich es. Nur weil du so kacke bist. Und dann kriege ich dafür ganz viel Geld, und von dem Geld kaufe ich das Haus, in dem du mit Didi wohnst, und dann schmeiße ich euch beide vor die Tür.«

»Na klar!«, sagt das Känguru. »Versuch's doch! Didi und ich werden dir ordentlich eins auf die Mütze geben, du Verräter.«

»Der Verrat liegt bei dir!«, rufe ich. »Ach, weißt du was, verpiss dich! Ich brauche dich nicht! Der Starke ist am stärksten allein.«

»Selbst wenn das stimmen würde«, sagt das Känguru, »hätte dieser Satz keine Aussagekraft über dich.«

»Hast du nicht gehört, was ich gesagt habe? Verpiss dich!«

»Verpiss du dich!«, ruft das Känguru.

»Ebenfalls sehr schlagfertig!«, rufe ich.

»Selber!«

»Boah! Ich kann es kaum erwarten, dich los zu sein! Endlich kann ich machen, was ich will! Weißt du, wie viele gute Angebote ich schon ausschlagen musste, nur weil du sie nicht politisch korrekt gefunden hättest?«

»Zwei?«, fragt das Känguru.

Ich überlege kurz.

»Ja!«, rufe ich dann zickig. »Zwei! Aber bestimmt habe ich auch welche vergessen!«

»Schönes Leben noch!«, ruft das Känguru, dreht sich um und hüpft davon.

»Selber!«, rufe ich.

Als mein Agent und der Konzernheini in die Gegenwart eintreten, habe ich immer noch mächtig schlechte Laune, ganz im Gegensatz zu dem Konzernheini, der mich freundlich begrüßt. »Hey du! Ich bin der Malte. Ich mache die PR bei uns im Laden. Malte Müller. Aber meine Freunde nennen mich Klub-Malte!«

»Hallo, Herr Müller«, sage ich.

Während Malte Müller und mein Agent verhandeln, höre ich kaum zu und sage kein Wort. Stattdessen bestelle ich drei Bier und trinke sie alle selber. Auch die nächste Runde geht in diesem Sinne auf mich. Irgendwann drückt mir Herr Müller einen Stift in die Hand und deutet auf eine gestrichelte Linie auf einem Vertrag. Lustlos nehme ich den Stift. Als ich gerade zur Unterschrift ansetze, stürmt das Känguru zur Tür herein.

»Marky!«, ruft es aufgeregt über die Menge hinweg. »Marky! Du musst mit mir zurückkommen!«

»Wohin?«, frage ich.

»Zurück …«, ruft das Känguru, »in die Zukunft!«

Ich muss lachen. Mein Agent rollt mit seinen Augen.

Das Känguru hat sich zu unserem Tisch vorgekämpft.

»Bist du bereit?«, fragt es.

»So breit wie nur irgend möglich«, lalle ich, gebe Herrn Müller seinen Stift zurück und verlasse mit dem Känguru die Gegenwart.

Auf dem Weg in die Zukunft frage ich das Känguru: »Du hattest nicht wirklich vor, bei Didi einzuziehen?«

»Hallo?!?«, fragt das Känguru. »Ist der Papst evangelisch?«

»Was soll das bedeuten?«, frage ich.

»Ich zieh doch nicht bei Didi ein!«

»Nee.«

»Der wollte Miete haben!«

UNBEKANNTE NUMMERN

Ich sitze am Rechner und bezahle Rechnungen. Zwei von mir. Zehn vom Känguru. Mir fehlen aber Kontonummern, also gehe ich ins Wohnzimmer, um das Känguru auf die einzige mir bekannte wirksame Art und Weise aufzuwecken. Ich kippe es aus der Hängematte.

»Bist du bescheuert?«, ruft es. »Wie kommst du dazu, mich morgens um halb sieben an einem Sonntag …«

»Es ist schon halb zwölf«, sage ich. »Und außerdem Montag.«

Das Känguru tapst mit seiner Pfote auf dem Boden herum.

»Was machst du da?«, frage ich.

»Ich suche mein Bewusstsein«, sagt das Beuteltier. »Gestern Abend hatte ich's noch, da bin ich mir ganz sicher. Doch dann, wo hab ich's hingelegt?«

Ich seufze.

»Was willst du überhaupt von mir?«, fragt das Känguru. »Worum geht's?«

»Geld«, sage ich.

»Du immer mit deinen Profanitäten«, sagt das Känguru. »Ich weiß, dass ich dir Geld schulde, aber fürchte dich nicht! Ich habe eine wirklich gute Geschäftsidee! Ich schreibe einfach auf, was mir so passiert, und dann verkaufe ich diese Anekdoten an einen Verlag des Großkapitals und betitele das Buch ›Ist das Kleinkunst oder soll das nicht witzig sein?‹. Ich nenne das Geschäftsmodell: ›Brötchen durch Anekdötchen‹. Na, was hältst du davon? Glaubst du, man kann davon leben?«

»Ich geb dir mal fünf Minuten, um deine gute Laune wiederzufinden«, sage ich. »Vielleicht hast du die ja auch nur verlegt.« Auf dem Weg in die Küche stoße ich mir den Kopf an der Wohnzimmerlampe. Es tut aber nicht weh. Ich trage eine Bommelmütze.

»Wie immer?«, fragt mich Björn in der Küche.

»Ja«, sage ich. »Schwarz. Danke.«

Als ich fünf Minuten später zurück ins Wohnzimmer komme, gleite ich mit einer flüssigen Tanzbewegung geschmeidig unter der Lampe hindurch.

»Damit hat keiner gerechnet«, sagt das Känguru. Es sitzt immer noch auf dem Boden.

»Also«, sage ich. »Ich brauche die Kontonummer von dem Typen, den du im Park vom Bierbike geschleudert hast.«

Der Kerl hatte voll den Aufstand gemacht, weil sein Anzug dabei schmutzig geworden war, und sich nur durch Zahlungsversprechen meinerseits beruhigen lassen.

»Ah ja«, sagt das Känguru und zieht erst einen, dann zwei, dann unzählige Zettel mit langen Zahlenreihen aus seinem Beutel.

»Wie viele Leute hast du denn von Bierbikes geschleudert?«

»Nur einen«, sagt das Känguru. »Der Rest sind potenziell wichtige Telefonnummern.«

»Warum speicherst du die nicht im Handy?«

»NSA.«

Ich seufze.

»Mein System ist hervorragend«, sagt das Känguru. »Ich schreibe aber leider nur selten mit auf die Zettel, wem die

Nummer gehört, und deswegen kann ich sie nicht wegwerfen, weil ich nicht weiß, ob die Nummer wichtig ist.«

Ich verdrehe die Augen.

»Hat dir übrigens schon mal jemand gesagt, dass du sehr oft deine Augen verdrehst?«, fragt das Känguru.

»Du bist das einzige Wesen, das diesen Eindruck gewinnen kann«, sage ich.

»Was soll das denn heißen?«

»Denk mal darüber nach.«

»Keine Lust.«

»Wie auch immer«, sage ich. »Du rufst jetzt alle Nummern an und schreibst Namen dazu.«

Das Känguru seufzt, zieht mein Handy aus seinem Beutel und wählt die erste Nummer. Krapotke meldet sich.

»Rufnummer unterdrückt?«, fragt er. »Das bist du, Beuteltier, oder? Das freut mich aber, dass du anrufst.«

Das Känguru legt auf und wirft den Zettel in den Müll.

Bei der nächsten Nummer meldet sich eine tiefe Stimme.

»Engels«, sagt der Mann.

Ein Lächeln der Erinnerung huscht über des Kängurus Gesicht. Es hatte die Nummer des armen Kerls vor ein paar Jahren im Telefonbuch entdeckt.

»Friedrich Engels?«, fragt es.

»Ja«, sagt der Mann.

»Ich wollte nur mal kurz hören, ob der Karl auch da ist!«

»Geht das schon wieder los«, brummt der Mann und legt auf.

Das Känguru kichert.

»Los«, sagt es und reicht mir den Zettel. »Jetzt du.«

Ich seufze.

»Jetzt mach schon! Sonst isses nur halb so witzig!«

Ich wähle die Nummer.

»Engels«, sagt der Mann.

»Ja, hallo, hier ist der Karl«, sage ich. »Hat vielleicht jemand für mich angerufen?«

Der Mann legt auf.

Das Känguru kugelt sich vor Lachen auf dem Boden.

»Ein Klassiker!«, sagt es.

Ich werfe den Zettel in den Müll.

Nach einigen ähnlichen Anrufen – zweimal hatte das Känguru tatsächlich wieder Krapotkes Nummer aufgeschrieben, und einmal haben wir einem David Haselhof Bescheid gegeben, dass er K.I.T.T. aus der Werkstatt abholen kann – stößt es auf eine härtere Nuss.

»Kennst du einen Ernesto?«, fragt es mich.

Ich schüttle den Kopf. Das Känguru überlegt eine halbe Stunde gemeinsam mit Ernesto, woher sie sich wohl kennen, bis ihm auffällt, dass es wahrscheinlich die Kontonummer von dem Bierbike-Typen angerufen hat. Das Beuteltier versucht trotzdem, Ernesto für das Asoziale Netzwerk zu gewinnen, und verabredet sich mit ihm für Dienstagabend bei Herta. Ich mache die Online-Überweisung an den Bierbike-Typen. Betrag: 1 Cent. Als Verwendungszweck gebe ich ein: »01000 11001110101011000110110101100100000011110010110111101110101«.

Derweil überlegt das Känguru, wie es noch mehr Leute für die Weltrevolution rekrutieren könnte. Schließlich ruft es den Gaszählerstand an – und Zufälle gibt's: Krapotke geht ran.

DAS ÜBLICHE

Das Telefon klingelt. Ich nehme ab und sage, wie es mir meine Mama beigebracht hat, zur Begrüßung: »Wir kaufen nichts.«

Es knistert. Die Verbindung ist schlecht.

»Hör jetzt gut zu«, sagt das Känguru. »Das hier ist wichtig, und ich habe nicht mehr viel Guthaben auf dem Handy.«

»Wo steckst du denn?«, frage ich. »Ich hab dich schon ewig nicht mehr gesehen.«

»Mein Standort ist geheim. Nur so viel: Ich bin auf einer Insel und habe mit den Genossen …«

»Du bist auf Kuba?«

»Das ist nicht Quizduell!«, ruft das Känguru. »Hör auf, mitzuraten.«

»Was machst du denn da? Ist es schön auf Kuba? Ich wollte da auch schon immer mal hin.«

»Sei jetzt still und hör zu!«, mahnt das Känguru. »Ich hab mit den Genossen einen Plan ausgetüftelt. Hast du die Landkarte bekommen, die ich dir zugefaxt habe?«

»Du hast mir etwas gefaxt?«, frage ich. »Warum hast du's nicht gleich mit der Postkutsche geschickt? Oder per Rauchzeichen übermittelt?«

»Du! Das ist kein Spaß! Na jedenfalls: Wir landen irgendwann in einer Nacht-und-Nebel-Aktion auf Usedom, sickern dann langsam durch die Uckermark ins Landesinnere und verschanzen uns erst mal im Harz.«

»Äh, okay«, sage ich. »Und warum?«

»Na, weil wir doch Revolution machen.«

»Wer wir?«

»Na, äh, du. Und ich.«

»Ich und du.«

»Ja, und noch achtzig weitere Leute von der Bewegung des 26. Juli.«

»26. Juli?«, frage ich. »Sandra Bullocks Geburtstag?«

»Was?«, fragt das Känguru.

»Die fand ich früher mal ganz toll. Weißte? Wegen *Speed*.«

»Was?«

»Dem Film. Nicht der Droge.«

»Den Film kenn ich nicht.«

»Kennste nicht?«, frage ich. »Ist wie *Speed 2*. Nur mit 'nem Bus.«

»Was?«

»Ich glaube, Milhouse hat das mal gesagt, bei den *Simpsons*.«

»Stopp!«, ruft das Känguru. »Du lenkst schon wieder ab.«

»Okay. Und was machen wir zweiundachtzig dann auf dem Brocken? Feiern wir Walpurgisnacht?«

»Zwölf«, sagt das Känguru. »Die Erfahrungswerte zeigen, dass nur zwölf durchkommen.«

»Du machst einem die Unternehmung nicht gerade schmackhaft.«

»Wir zwölf machen das Übliche«, sagt das Känguru. »Wir werden ein Guerilla-Ausbildungslager gründen, einen Radiosender aufstellen ...«

»Mit den größten Hits der Fünfziger, Sechziger und Siebziger, oder wie?«

»... und wir werden versuchen, die Bauern für unsere Sache zu gewinnen.«

»Und mit welchen Thesen willst du die sachsen-anhaltinischen Landwirte überzeugen?«, frage ich. »Versprichst du einen fünf Cent höheren Milchabnahmepreis?«

»Sehr gut«, sagt das Känguru. »Warte, das schreibe ich mir auf.«

Ich warte.

»Also«, sagt das Känguru schließlich. »Ich dachte daran, schon innerhalb der ersten paar Wochen die Bundeswehrkaserne in Blankenburg anzugreifen.«

»Soso.«

»Das Überraschungsmoment werden wir auf unserer Seite haben.«

»Zweifellos.«

»Du bist also dabei?«, fragt das Känguru.

»Nun, wenn ich nicht allzu sehr das Gefühl hätte, dass hier mal wieder aufgrund von Denkfaulheit ein überholtes Widerstandskonzept …«

»Warte mal«, sagt das Känguru. »Es hat gerade an der Tür geklingelt.«

»Echt? Ich habe gar nichts gehört.«

»Ja«, sagt das Känguru, »weil es die Tür in meinem Kopf war, und davor stand ein kleiner Mann und hat gesagt: LANGWEILIG!«

Ich seufze.

»Okay. Ich mach mit.«

»Gut.«

»Bist du noch lange bei Herta in der Kneipe?«, frage ich. »Lohnt es sich, noch vorbeizukommen?«

»Nun, ich bin bestimmt noch lange hier, aber dass es sich lohnen würde, vorbeizukommen, das kann ich guten Gewissens nicht behaupten.«

»Ich komm trotzdem«, sage ich.

»Nichts anderes habe ich erwartet«, sagt das Känguru. »Wir treffen uns im Hinterzimmer. Ich werde an einem Rubikwürfel arbeiten. Daran kannst du mich erkennen.«

»Ich werde dich daran erkennen, dass du ein Känguru bist«, sage ich.

»Ja, das geht auch. Schöne Grüße übrigens von Ernesto.«

»Dir ist schon klar«, sage ich, »dass ich aufgrund solcher Anrufe vom Verfassungsschutz überwacht werde?«

»Man muss die beschäftigt halten«, sagt das Känguru, »sonst machen die nur Unsinn.«

SPIELEABEND

Ich sitze mit Friedrich-Wilhelm, Otto-Von, dem Känguru und Ernesto in Hertas Kneipe, und wir langweilen uns. Also, das Känguru und ich nennen es: uns langweilen. Die anderen nennen es: Fußball kucken. Ich lasse meinen Blick desinteressiert durch die Kneipe schweifen. Außer uns ist nur noch Hertas Stammgast anwesend, Johannes, der Säufer. Wenn er weiter seinem Namen alle Ehre macht, wird er sicherlich bald den Kopf verlieren. Friedrich-Wilhelm bemerkt mein Desinteresse.

»Die Langeweile gehört zum Fußballspiel dazu«, erläutert er fachkundig. »Dafür gibt's zwei, drei richtig geile Momente.«

»Man langweilt sich neunzig Minuten für zwei, drei richtig geile Momente?«, frage ich.

»Ja«, sagt Otto. »Die glänzen dann umso mehr.«

»Und ist das nicht eine wunderschöne Allegorie für das Leben?«, sagt Friedrich-Wilhelm.

»Man langweilt sich neunzig Jahre für zwei, drei richtig geile Momente?«, fragt das Känguru.

»Genau. Und die glänzen dann umso mehr.«

Mir ist so langweilig wie auf einer Erstsemesterparty. Ich verfalle sogar in dieselben Gesprächsmuster.

»Und was machst du so?«, frage ich Ernesto.

»Ich bin Denis-Diderot-Imitator«, sagt er.

»Ach«, sage ich überrascht. »Und davon kann man leben?«

»Ich bin arbeitsloser Denis-Diderot-Imitator.«

»Man kann es auch echt übertreiben mit der Spezialisierung«, sagt das Känguru.

»Ich will dir ja nicht zu nahe treten«, sage ich zu Ernesto, »aber wo hattest du denn gehofft, als Denis-Diderot-Imitator Anstellung zu finden?«

»Ein Bekannter von mir hatte den Plan, einen philosophischen Vergnügungspark aufzumachen«, sagt Ernesto. »Da wären wir Imitatoren dann herumgelaufen. Man hätte uns anhalten und in lange, tiefschürfende Gespräche verwickeln können.«

»Und was wäre das Vergnügen an dem Park gewesen?«, frage ich.

»Oh!«, sagt Ernesto. »Es waren allerhand Attraktionen geplant. Ein solipsistisches Spiegelkabinett zum Beispiel. Oder eine Höhle mit einem Schattentheater.«

»Wow«, sage ich. »Damit hättet ihr die Kids bestimmt dazu bringen können, für zwei Minuten ihre Smartphones zur Seite zu legen.«

»Auch ein rasantes Fahrgeschäft war angedacht«, sagt Ernesto. »Dort hätte man den Wendungen nachspüren können, die Wittgenstein in seinem Denken hatte. Es sollte sogar ein Gruselkabinett geben namens *Die Lage der arbeitenden Klasse in England.*«

»Und was ist aus dem philosophischen Vergnügungspark geworden?«, fragt das Känguru.

»Nichts«, sagt Ernesto. »Es hat sich niemand dafür interessiert.«

»Das alte Problem der Philosophie«, sage ich nickend und werfe einen Blick auf den Fernseher. Es steht immer noch null zu null.

»Mir ist so langweilig«, sagt das Känguru. »Ich würde lieber eine Bundestagsdebatte auf Phoenix verfolgen.«

»Wir könnten was spielen«, schlage ich vor.

Die Begeisterung der anderen hält sich in Grenzen.

»Entweder was spielen«, sage ich, »oder ich packe mein Notebook aus und zeige euch die 1.243 unsortierten Digitalfotos, die ich auf meinem Wochenendtrip nach Kiel aufgenommen habe.«

Plötzlich wollen alle was spielen.

Wir entscheiden uns für Trivial Pursuit, allerdings mit einer kleinen, aber feinen Regeländerung. Wer eine falsche, aber dafür witzige Antwort gibt, darf auch direkt weiterraten.

Friedrich-Wilhelm liest die erste Frage vor: »Welches Verfahren erfand der schwäbische Friseur Karl Nessler im Jahr 1906 mithilfe von Experimenten an seiner Frau?«

»Die Butterbrezel«, sagt das Känguru. Ich muss wider Willen lachen. Das nimmt das Känguru kommentarlos als Erlaubnis, noch einmal zu würfeln. Otto stellt die nächste Frage.

»Wie wird die Ware genannt, die im Supermarkt im Kassenbereich ausliegt und vor allem Kinder ansprechen soll?«

»Zigaretten«, sagt das Känguru und würfelt.

»Wer schlug 1991 Bob Beamons 23 Jahre alten Weltrekord im Weitsprung?«, fragt Ernesto.

»Ich«, sagt das Känguru.

Zehn Minuten später hat es gewonnen, und ich bin noch nicht mal dran gewesen.

Friedrich-Wilhelm schlägt vor, lieber zu pokern.

»Von mir aus«, sagt das Känguru. »Jedenfalls, wenn es euch nicht stört, mit jemandem zu spielen, der absolut keine Ahnung von Poker hat.«

»Ganz im Gegenteil«, sagt Otto lächelnd. »Beim Pokern sind das die liebsten Mitspieler.«

»Wir zocken natürlich um Geld«, sagt Friedrich-Wilhelm. »Sonst macht Pokern keinen Sinn.«

»Er gibt«, sage ich.

»Wer gibt?«, fragt Ernesto.

»Er gibt«, sage ich.

»Ich?«, fragt Otto. »Na, von mir aus.«

Er teilt Chips und Karten aus. Ein paar Runden passiert nichts Spannendes. Otto hat ein bisschen was gewonnen, das Känguru ein wenig verloren, der Rest dümpelt bei seinen Anfangswerten. Dann liegt plötzlich ziemlich viel im Pott. Friedrich-Wilhelm wirft einen Chip in die Mitte und erhöht um fünf.

»So«, sagt er. »Wer ist noch drin?«

»Ich bin«, sagt Ernesto und legt einen Chip in die Mitte, »denn ich spiele, also bin ich, um mal mein berühmtes Diktum ›Ich denke, also bin ich‹ abzuwandeln.«

Er lächelt in die Runde.

»Kein Wunder, dass er arbeitslos ist«, flüstere ich dem Känguru zu. »Er ist nicht besonders gut.«

»Jetzt bleib mal locker«, flüstert das Känguru. »Er verwechselt halt ab und zu Descartes und Diderot. Ist dir das noch nie passiert? Er kann ja nicht alles wissen.«

»Mit dem, was der alles nicht weiß, könnte er eine ganze Enzyklopädie füllen«, sage ich und werfe auch einen Chip in die Mitte.

»Also eure fünf«, sagt das Känguru, »und, äh, noch mal hundert.«

Es wirft einen Haufen Pokerchips in die Mitte des Tisches.

Dann fragt es: »Ist eine Straße eigentlich mehr wert, wenn sie von einer Sorte ist?«

Ich kneife kurz die Augen zusammen.

»Ich bin raus«, sagt Otto.

»Waaas? Wieso denn?«, ruft das Känguru. »Okay, nur fünfzig. Okay?«

»Ich bin auch raus«, sagt Friedrich-Wilhelm.

»Zehn?«

»Raus«, sagt Ernesto.

»Fünf?«

»Nee, danke«, sage ich und werfe meine Karten hin. »Bin raus.«

Die anderen nicken zustimmend. Das Känguru rafft alle Chips zusammen und schiebt sie in seinen Beutel. Es blickt mich nachdenklich an.

»Wodurch habe ich mich verraten?«, fragt es.

»Du hast dich nicht verraten«, sage ich. »Ich hatte halt keine so guten Karten.«

»Ich hätte nicht fragen sollen, oder?«

»Na ja«, sage ich.

Dann huscht ganz kurz ein Lächeln über das Gesicht des Beuteltiers.

»Du hattest absolut nichts«, sagt Friedrich-Wilhelm.

»Hab ich auch nie behauptet«, sagt das Känguru. »Ich habe es nicht nötig zu lügen.«

»Wohl hast du gelogen«, sage ich. »Du hast gesagt: Jedenfalls, wenn es euch nicht stört, mit jemandem zu spielen, der absolut keine Ahnung von Poker hat.«

»Ich meinte dich.«

»Wenn auch die Fähigkeit zu täuschen ein Zeichen von Scharfsinn und Macht zu sein scheint«, sagt Ernesto, »so beweist doch die Absicht zu täuschen ohne Zweifel Bosheit oder Schwäche.«

»Hör mal zu, du Kasper«, sagt das Känguru. »Der Spruch ist von Descartes, und wenn hier einer Zitate falsch zuordnet, dann bin ich das!«

»Ich hätte gewarnt sein müssen«, sagt Friedrich-Wilhelm. »Das erste Mal, als ich mit dem Känguru Schach gespielt habe, hat es sich eine halbe Stunde ausführlich die Regeln erklären lassen und mehrfach dumme Nachfragen gestellt, nur um mich dann in vier Zügen schachmatt zu setzen.«

»Ihr hättet sein Gesicht sehen müssen.«

»Ich weiß gar nicht, warum wir noch mit dir spielen«, sagt Otto. »Du gewinnst doch eh immer.«

»Das Geheimnis des Gewinnens ist, sich die richtigen Gegner zu suchen«, erläutert das Känguru.

»Letztens hat Friedrich-Wilhelm fast bei *Halt Mal Kurz* gewonnen«, sage ich.

»Boah. Alter«, sagt Friedrich-Wilhelm. »Hör mir auf mit fast. Ich glaube, ich schreibe 'ne Autobiografie und nenne sie *Fast! Der Tragödie erster Teil*. Aus dem Leben eines Welchen, aus dem fast was geworden wäre.«

»Schluss mit dem Gejammer«, sagt das Känguru. »Wo ist der *small blind*? Wo der *biggie*? Ich will eure Einsätze sehen.«

Es ist ein sehr teurer Abend geworden.

AM MEER

Wir sitzen am Strand. Wir machen nämlich Urlaub.

»Kommst du mit ins Meer?«, fragt das Känguru.

»Nee«, sage ich. »Hier gibt's Haie.«

»Die tun doch nichts.«

»Ja«, sage ich, »solange man nicht ins Meer geht.«

»Das Risiko eines Haiangriffs ist wirklich minimal.«

»Dass etwas in der Regel nicht passiert, bringt einem wenig, wenn man die Ausnahme ist.«

»Statistisch gesehen«, sagt das Känguru, »ist es wahrscheinlicher, von einer herabfallenden Kokosnuss erschlagen zu werden, als einem Hai zum Opfer zu fallen.«

»Na, vielen Dank«, sage ich und stehe auf. »Jetzt habe ich nicht mal mehr Lust, unter dieser Palme zu sitzen.«

»Das ist eine Kiefer«, sagt das Känguru. »Wir sind an der Ostsee.«

»Sicher ist sicher«, sage ich.

HALLELUJA

Das Känguru hat es sich auf der Couch bequem gemacht. In Pfotenreichweite hat es einen heißen Malzkakao, einen Teller Eierkuchen und eine Packung Schnapspralinen. In angemessener Entfernung steht ein Fernseher, auf dem *Vier Fäuste für ein Halleluja* läuft.

»Was hast du eigentlich gegen den Kapitalismus?«, frage ich. »Er scheint doch ganz gut für dich zu sorgen.«

»In Florida hat ja vor Kurzem so ein Arschloch an seiner ehemaligen Highschool siebzehn Menschen erschossen«, sagt das Känguru. »Jetzt haben einige der Lehrer dort festgestellt, dass ihr Pensionsfonds auch in die Firma American Outdoor Brands investiert hat. Die stellen das Sturmgewehr her, das der Massenmörder benutzt hat.« Das Känguru blickt mich an. »Das ist doch krank, und das, nur so zum Beispiel, habe ich gegen den Kapitalismus.«

»Verstehe.«

Ich setze mich in den Sessel.

»Ich«, sage ich, »habe ja letztens äh …«

»… eine Geschichte geschrieben?«

»Nein, ich habe äh …«

»… mit deiner Mutter telefoniert?«

»Nein, ich habe …«

»… einen Auftritt gehabt?«

»Spreche ich dir zu langsam?«, frage ich.

»Wieso?«

»Du machst Autoergänzungsvorschläge.«

»Es fällt mir eben schwer, mit jemandem zu kommunizieren, der das Synapsenäquivalent eines Lochkartencomputers im Kopf hat.«

»Jedenfalls habe ich letztens …«

»… das Bad geputzt?«

»Nein.«

»Und das ist doch schade, oder?«

»Ich habe letztens gelesen«, sage ich schnell, »dass äh …«

»… die USA allein in den letzten fünfzig Jahren mehr Todesopfer durch Schusswaffen zu beklagen haben als in all ihren Kriegen zusammen?«

»Nein«, sage ich, »ich habe gelesen, dass Trump …«

»Ach, Trump, Trump, Trump«, sagt das Känguru. »Kuckst du immer noch diese Reality-TV-Kacke?«

»Na ja, ich muss zugeben, dass ich äh …«

»… schon in der Schule Probleme hatte, komplexeren Zusammenhängen zu folgen?«

»… dass ich das erste Jahr Trump voll gebingewatched habe.«

»Vielleicht hat auch das deinem Gehirn zugesetzt.«

»Das kann gut sein. Fühlte sich oft so an.«

»Aber jetzt biste clean?«

»Ja, irgendwann sind neue Nebendarsteller schneller aufgetaucht und wieder abgemurkst worden als bei *Game of Thrones*. Ich fand es schwer, den Überblick zu behalten. Da bin ich ausgestiegen.«

»Der letzte König von Sachsen hat ja, als er 1918 abdanken musste, zornig gerufen: ›Dann machd doch eiern Drägg alleene!‹«, sagt das Känguru. »Was glaubst du, was Trumps letzte Worte sein werden, wenn er abtreten muss?«

»Ich befürchte fast: Heute ist nicht alle Tage. Ich komm wieder. Keine Frage.«

»Was macht so ein mediengeiler Selbstdarsteller wohl, wenn das Rampenlicht nicht mehr auf ihn fällt?«, fragt das Känguru.

»Vielleicht haben sie ja bei Gazprom noch was frei«, sage ich.

»Am Tag von einem von Berlusconis Rücktritten hatte sich ja tatsächlich vor dem italienischen Regierungspalast ein kleines Orchester mit Chor aufgestellt, und als Berlusconi das Gebäude verlassen hat, haben sie ›Halleluja‹ gespielt.«

»Schöner Antiterroranschlag«, sage ich.

»Ja. Einer der schönsten.«

»Jedenfalls hat Trump gesagt, dass der UN-Sicherheitsrat …«

»Nimm mal den Bindestrich weg«, sagt das Känguru.

»Welchen Bindestrich?«

»Den von UN-Sicherheitsrat. Was kriegste dann?«

»Den Unsicherheitsrat?«

»Witzig, wa?«

»Interessiert dich überhaupt nicht, was ich gelesen habe, was Trump gesagt hat?«

»Nee«, sagt das Känguru. »Ehrlich gesagt nicht.«

DIE NEUE NACHBARIN

Wir sitzen gegen Mittag in der Küche beim Frühstück.

»Wir haben doch Maria und Jesus geholfen, eine Wohnung hier bei uns im Haus zu bekommen«, sage ich.

»Und?«, fragt das Känguru und blickt von seiner Zeitung auf.

»Und jetzt wohnt Maria ja hier bei uns im Haus!«, sage ich.

»Das könnte kausal zusammenhängen.«

»Was mache ich denn jetzt?«

»Wieso?«

»Na, du weißt doch, dass ich ein wenig in sie verknallt bin.«

»Wusste ich das?«

»Und jetzt«, sage ich, »haben sich ja meine Chancen deutlich verbessert!«

»Das ist mir so was von egal, … äh …, ich freue mich sehr für dich.«

Ich blicke das Känguru irritiert an.

»Sorry«, sagt es. »Ich hatte verwechselt, was ich sagen und denken wollte.«

»Aber was soll ich denn jetzt machen?«

»Klingel doch einfach bei ihr.«

»Ja, aber was soll ich denn sagen?«

»Klingel einfach, dann wird dir schon was einfallen.«

»Okay!«, sage ich voller Enthusiasmus. »Okay.«

Ich gehe zur Wohnungstür.

»Du solltest vielleicht vorher deinen Pyjama ausziehen«, ruft mir das Känguru hinterher.

»Gute Idee!«, rufe ich und gehe in mein Schlafzimmer.

»Und wenn du den Pyjama ausgezogen hast, solltest du dir was Richtiges anziehen«, ruft das Känguru.

»Schon klar.«

»Ein Bademantel ist nichts Richtiges!«

»Ja, vielen Dank! Du bist eine große Hilfe.«

»Ein Jogginganzug auch nicht.«

Ich komme ins Wohnzimmer zurück, gekleidet in eine Profikuscheldecke.

»Das ist ein Scherz«, sagt das Känguru.

»Ja, das ist ein Scherz«, sage ich, lasse die Profikuscheldecke beim Känguru und verlasse die Wohnung. Ein paar Augenblicke später stehe ich einen Stock weiter oben vor Marias Tür. Das Känguru steht unten vor unserer Wohnung und gibt mir mit einer Geste zu verstehen, dass ich jetzt endlich klingeln soll.

»Ich weiß nicht, was ich sagen soll!«, rufe ich lautlos.

»Sag einfach, was dir spontan einfällt!«, ruft das Känguru lautlos zurück. Vermute ich. Ich atme tief ein, dann klingle ich. Fast augenblicklich öffnet Maria die Tür. Das verunsichert mich.

»Ich äh …, ich äh …«, eröffne ich gekonnt das Gespräch.

»Ja, bitte?«, fragt sie.

»Äh …, äh …«, baue ich auf dem soeben von mir etablierten Gesprächsanfang auf, »ich äh … wollte mir Eierkuchen backen, und da ist mir … äh … aufgefallen, dass ich keine Eier hab …«

Maria blickt mich belustigt an. Ich höre, wie sich das Känguru ein Stockwerk weiter unten mit der Pfote gegen die Stirn schlägt.

»Soso«, sagt Maria. »Du hast also keine Eier.«

»Das äh …«, sage ich, »kam jetzt, glaube ich, irgendwie falsch rüber. Na, jedenfalls wollte ich mir Eierkuchen machen und habe vergessen, Eier zu kaufen …«

»Das scheint mir ein wenig dumm«, sagt Maria, »wo doch Eier ein recht prominenter Bestandteil des Wortes Eierkuchen sind.«

»Stimmt«, sage ich gedankenverloren. »Wenn mir das damals aufgefallen wäre, hätte ich mir einiges ersparen können …« Ich reiße mich ins Hier und Jetzt zurück. »Also jedenfalls, falls du Eier hast, also, ich meine Hühnereier …«

»Ich lebe vegan«, sagt Maria. »Ich lagere keine ungeborenen Babys von fühlenden Lebewesen in meinem Kühlschrank.«

»Ach so«, sage ich. »Ja, dann, äh, also, tschüs.«

Maria lacht.

»Tschüs«, sagt sie und sieht mir hinterher, als ich die Treppe hinunter verschwinde. Ich schließe hinter mir die Tür. Das Känguru hat mich schon erwartet.

»Wow!«, sagt es. »Einfach nur wow! Ich hatte es mir lustig vorgestellt, aber das übertraf all meine Erwartungen.«

»Das Leben ist eine Aneinanderreihung verpasster Chancen«, sage ich.

»Deins vielleicht.«

Es klingelt an der Tür. Ich öffne. Maria steht davor. Sie grinst immer noch.

»War nur Spaß«, sagt sie und reicht mir eine Packung Eier. »Du hättest dein Gesicht sehen sollen.«

»Sehr witzig. Also bist du gar keine Veganerin?«

»Doch, doch«, sagt Maria. »Das sind Jesus' Eier.«

»Jesus' Eier?«, ruft das Känguru ungläubig. »Um Himmels willen! Für diese Reliquie würde die katholische Kirche bestimmt ein Vermögen bezahlen.«

»Ich bin übrigens Vegetarier«, sage ich.

»Wow«, sagt Maria. »Dann könnten wir ja fast mal zusammen essen gehen. Aber nur fast.«

»Also, ich befinde mich eigentlich schon länger an der Grenze zum Veganismus«, sage ich, mit der Packung Eier in der Hand. »Also, ich meine, äh ...«

»Wenn's so weit ist, dann sag Bescheid«, sagt Maria.

»Bescheid.«

»Niedlich. Aber ich kann nicht mit dir ausgehen. Das wäre gegen die Regeln.«

Sie zwinkert mir zu und geht die Treppe hinauf. Ich schließe die Tür.

»Welche Regeln?«, frage ich.

Das Känguru zuckt mit den Schultern.

»Woher soll ich das wissen? Bin ich Jesus?«

DAS FORD-SELLECK-THEOREM

Ich sitze mit Stift und Papier am Balkontisch, als das Känguru durch die Tür gestürmt kommt.

»Der Kalte Krieg«, sagt es, »war der Konflikt zwischen dem Land der unbegrenzten Möglichkeiten und dem Land der möglichen Unbegrenztheit.«

»Hm?«

»Und ich glaube, der Realsozialismus ist nur daran gescheitert, dass er aus ideologischen Gründen unbedingt rote Zahlen schreiben wollte.«

»Ja«, sage ich geistesabwesend.

»Außerdem habe ich schon vor gut einer Stunde mal angemerkt, dass ich Hunger habe.«

»Ja, ja.«

»Was schreibst du denn schon wieder so Wichtiges?«

»Mein Agent hat mir eine Anfrage weitergeleitet«, sage ich. »Ob ich nicht Lust hätte, ein Drehbuch für einen Kinofilm zu schreiben.«

»Wovon soll der Film denn handeln?«

»Na, äh, von einem, ähm, Künstler«, sage ich. »Bei dem ein kommunistisches Känguru einzieht.«

»Du bist einfach so krass kreativ«, sagt das Känguru. »Ständig fällt dir was Neues ein.«

»Würdeste mitspielen?«

»Nummer sieben«, sagt das Känguru.

»Was?«

»Nummer sieben auf meiner Not-to-do-Liste«, sagt das Känguru. »Mich an Kleinkunstprojekten beteiligen.«

»Es geht nicht um Kleinkunst«, rufe ich. »Es geht um Kino! Die große Leinwand! Arthaus! Hochkultur!«

»Wenn ein Metzger sich mal einen Salat macht, wird er dadurch nicht zum Gärtner.«

»Wie bitte?«

»Du hast mich schon verstanden.«

»Kino erreicht viele Leute«, sage ich. »Wir könnten unterschwellig antinationalistische Propaganda einbauen.«

»Oder auch oberschwellig«, sagt das Känguru.

»Klar. Auch oberschwellig.«

»Ich muss gestehen, das klingt einerseits sehr spannend, aber andererseits auch sehr anstrengend und widerspräche damit meinem Recht auf Faulheit.«

»Na ja, kein Problem«, sage ich lächelnd. »Dann stecken wir einfach irgendeinen Idioten in ein dämliches Kostüm. Krapotke vielleicht.«

»Weißt du, was das Wort Idiot bei den alten Griechen bedeutete?«, fragt das Känguru. »Privatperson. Damit bezeichnete man Leute, die sich aus den öffentlichen politischen Angelegenheiten der Polis heraushielten. Als Kommunist weigere ich mich, von einem Idioten gespielt zu werden.«

»Tja, dann musst du es halt doch selber machen«, sage ich. »Denn wen außer dir selbst hältst du nicht für einen Idioten?«

»Da ist was dran«, sagt das Känguru. »Nun ja. Eine Person gibt's dann doch, die ich nicht für einen Idioten halte. Dieser seltsame Typ mit dem komischen Doppelnamen.«

»Das ist aber nett«, sage ich etwas gerührt.

»Friedrich-Wilhelm«, sagt das Känguru.

»Sehr witzig.«

»Ich weiß. Aber danke.«

»Ach, egal«, sage ich. »Wahrscheinlich ersetze ich dich eh durch ein sympathischeres Tier. Einen Koalabären vielleicht.«

»Wie bitte?«

»Einen gemäßigt-sozialdemokratischen Koalabären.«

»Wieso das denn?«

»Na, gerade zum Beispiel versuche ich eine Szene zu bauen aus der Anekdote, wo du im Park den kleinen Hund, der uns angekläfft hat, einfach weggetreten hast ...«

»Ja ...«, sagt das Känguru versonnen lächelnd. »Und?«

»Nun ja ...«

Ich reiche dem Känguru ein Buch, das auf dem Schreibtisch lag.

»Das habe ich gelesen«, sage ich. »Es ist ein Ratgeber fürs Drehbuchschreiben. Das Buch heißt *Save the cat*, weil einer der Tipps im Buch ist, dass der Protagonist in den ersten zehn Minuten irgendetwas machen soll, was ihn sympathisch macht. Zum Beispiel eine Katze retten.«

»Na und?«

»Das Buch heißt *Save the cat*, nicht *Kick the dog*!«

»Worauf willst du hinaus?«

Eine Katze springt auf das Geländer des Balkons. Das Känguru schubst sie hinunter. Ich blicke der Katze nach. Sie landet geschickt auf Hertas Markise und wird dann von einem Nazi aufgefangen, der gerade zufälligerweise vorbeiläuft. Der Nazi streichelt die Katze. Ich schlage mir mit der Hand gegen die Stirn.

»Alles falsch«, seufze ich.

»Wer soll denn eigentlich dich spielen?«, fragt das Känguru. »Oder willst du dich selber spielen?«

»Nee«, sage ich. »Es soll ja ein toller Film werden und ...«

»... du bist zu alt und zu hässlich?«

»… ich bin kein Schauspieler, wollte ich sagen.«

»Verstehe.«

»Ich stehe nicht gerne vor einer Kamera«, sage ich. »Immer wenn ich mich zum Beispiel im Fernsehen sehe, habe ich einen ganz akuten Anfall von Fremdschämen.«

»Nee«, sagt das Känguru. »Wenn ich dich sehe, ist das Fremdschämen, wenn du dich selbst siehst, ist das einfach nur Schämen.«

Es zieht eine Packung aus seinem Beutel und wirft sich eine Schnapspraline in den Mund.

»Also gut«, sagt es. »Wenn du's dir wünschen könntest, die freie Wahl hättest: Wer sollte dich spielen?«

»Na, ist doch ganz einfach«, sage ich. »Der junge Harrison Ford.«

»Der junge Harrison Ford. Das könnte aber schwierig werden, den zu bekommen.«

»Du hast gesagt, ich darf mir was wünschen.«

»Letztens habe ich übrigens gehört, dass eigentlich Tom Selleck Indiana Jones spielen sollte«, sagt das Känguru.

»Was?!?«, rufe ich empört. »Tom Selleck? Das passt ja überhaupt nicht.«

»Nee«, sagt das Känguru. »Gruselige Vorstellung. Aber hier kommt meine Theorie: Wenn Tom Selleck Indiana Jones gespielt hätte und jemand heute erzählen würde, dass eigentlich Harrison Ford die Rolle hätte übernehmen sollen, dann würden sich alle über ihre Schnauzbärte streichen und sagen: ›Was?!? Harrison Ford? Das passt ja überhaupt nicht.‹«

Ich nicke. »Verstehe.«

»Das bezweifle ich.«

»So kompliziert sind deine Gedankenspiele auch wieder nicht.«

»Mag sein«, sagt das Känguru. »Dennoch glaube ich, du

unterschätzt das ungeheure Maß der Erkenntnis, das in dieser Theorie liegt.«

»Erleuchte mich.«

»Nahezu alles, was geworden ist, erscheint uns als zwangsläufig, alternativlos, geradezu nicht anders denkbar. Das Ford-Selleck-Theorem allerdings macht klar, dass nichts je zwangsläufig, alternativlos oder gar nicht anders denkbar war, ist und sein wird. Auch nicht …«

»Lass mich raten.«

»… der Kapitalismus«, sagt das Känguru.

»Dacht ich's mir doch.«

Das Känguru isst noch drei Schnapspralinen.

»Also, jetzt sag mal ehrlich, würdest du in dem Film mitspielen?«, frage ich.

»Ach, ich weiß nicht«, sagt das Känguru.

»Schnick, Schnack, Schnuck?«, frage ich.

»Neue Regeln?«, fragt das Känguru.

»Okay«, sage ich. »Open-Schnick.«

Das Känguru nickt.

»Schnick, Schnack, Schnuck«, ruft es.

Das Beuteltier hat seine Pfoten zu einer Art Kugel mit Delle geformt.

»Todesstern!«, ruft es mit einem triumphierenden Lächeln.

Dann blickt es auf meine an den mittleren Knöcheln zu einem flachen X gekreuzten Zeigefinger. Durch eine kleine Drehung an den Knöcheln bringe ich sie in Kampfstellung.

»Nein …«, ruft das Känguru. »Nein! Ich fasse es nicht! Ist es das, was ich glaube, das es ist?«

Ich nicke.

»Das, mein liebes Beuteltier, ist ein X-Wing.«

»Zwei aus drei?«, fragt das Känguru.

»Vergiss es!«

DANKSAGUNG

Der Autor, also ich, würde gerne mal Danke sagen. Danke an DICH, dass du dieses Buch gelesen hast. Und krass, dass du sogar die langweilige Danksagung liest. Wahrscheinlich hast du zu viele Marvel-Filme gesehen und glaubst, dass nach den Credits noch eine witzige Stelle kommt. Vielleicht geht's dir aber auch gleich wie all den Leuten, die den Abspann von Deadpool 2 bis zum bitteren Ende angeschaut haben, ohne dass noch etwas Witziges kam, wenn man von dieser Einblendung absieht, die ungefähr »Dieser Film hat voll viele Arbeitsplätze geschaffen« lautete und die (vermutlich) nicht mal ironisch gemeint war. Wie dem auch sei. Ich möchte Danke sagen an: Alex, André, Andreas, Annette, Astrid, Boris the Beast, Björn (Kaffee schmeckt super inzwischen!), Cindy, Christian, Dani, Daniel, Emma, Friedrich-Wilhelm, Herta, Jannis, Josephine, Jufi, Kevin, Krapotke, Leif, Lotta, Maik, Maria, Magic Michi, Onkel, Otto, Roman, Sebastian, Sven, Tobi Kanone, Tobi Rakete und das Känguru.

Kein Dank geht an Dietmar Kötke. Ich weiß, wo du wohnst! In der Oranienstraße. Beim Kreisverkehr. Pass bloß auf!

Dieses Buch hat mindestens einen Arbeitsplatz geschaffen. Im Übrigen bin ich der Meinung, dass Nationalismus keine Alternative, sondern eine Katastrophe ist.

PILLS
PILLS
ES WAR DUNKEL UND STILL IN DER MIGRAINE-CAVE ...

OH, DIESER SCHMERZ ...! ER IST KAUM ZU ERTRAGEN!
... ABER EINER MUSSTE IHN ERTRAGEN ...

SCHNELL, MIGRAINE-MAN!
NICHT SO LAUT, BITTE!
ABER MIGRAINE-MAN! DU MUSST DIE WELT RETTEN!
UH, SORRY, HEUTE GEHT GAR NICHT... HAT DAS NICHT ZEIT BIS MORGEN?

ABER ER IST ZURÜCK! ER VERSAMMELT EIN TEAM! ER BRAUCHT DEINE HILFE!
WER?

I'M BACK, BITCH!
BOAH! DAS IST VIEL ZU HELL, ALTER!

WAS IST EIGENTLICH MIGRAINE-MANS SUPER-FÄHIGKEIT?
ES MÜSSEN IMMER ALLE RÜCKSICHT AUF IHN NEHMEN.

ERNSTHAFT! HAT DAS DING KEINEN VERDAMMTEN DIMMER?